人生文丛　林贤治 主编

颠沛人生

郁达夫 著

花城出版社
中国·广州

图书在版编目（CIP）数据

颠沛人生 / 郁达夫著. -- 广州：花城出版社，2024.1
（人生文丛 / 林贤治主编）
ISBN 978-7-5360-9489-5

Ⅰ. ①颠… Ⅱ. ①郁… Ⅲ. ①散文集－中国－现代 Ⅳ. ①I266

中国版本图书馆CIP数据核字(2022)第027592号

出版人：	张 懿
特邀编辑：	余红梅
项目统筹：	揭莉琳　邹蔚昀
责任编辑：	林　菁
责任校对：	谢日新　李道学
技术编辑：	凌春梅
封面绘图：	老　树
装帧设计：	姚　敏

书　　名	颠沛人生
	DIANPEI RENSHENG
出版发行	花城出版社
	（广州市环市东路水荫路11号）
经　　销	全国新华书店
印　　刷	佛山市迎高彩印有限公司
	（佛山市顺德区陈村镇广隆工业区兴业七路9号）
开　　本	880毫米×1230毫米　32开
印　　张	8.25　2插页
字　　数	168,000字
版　　次	2024年1月第1版　2024年1月第1次印刷
定　　价	46.00元

如发现印装质量问题，请直接与印刷厂联系调换。
购书热线：020-37604658　37602954
花城出版社网站：http://www.fcph.com.cn

人生文丛 | 看纷纭世态
读各色人生

写在"人生文丛"新版之前

20世纪90年代初,受出版社之邀,编选了"人生文丛",计二十种。恰逢第四届全国书市在广州举办,这套丛书成了场上的"骄子",被评为"十大畅销书"之一。此后一段时间,一版再版,受欢迎的程度超乎出版人的预想。其时,坊间腾起一股"散文热"。若果"人生文丛"算不上引燃物的话,至少,它提供的柴薪是增添了不少热量的。

五四开启了一个时代,星汉灿烂,人才辈出。新文学第一代作家的坚实的创作实践,奠定了"艺术为人生"的原则,影响至为深远。"人生文丛"乃从五四后三十年间,遴选有代表性的二十位作家的非虚构作品,也即我们惯称的散文,自然是广义的散文,除了一般的叙事之作,还包括演讲稿,以及带有隐私性质的日记、书信等。这些文字,烙上作者各自的人生印记,不同的思想和艺术个性,真诚、真实、真切,俾普通读者——英国作家伍尔夫郑重地使用了这个词,以它为一本文学评论集命名——借由文学更好地体察社会,思考人生,并从中获得美学的熏陶。

文丛初版时，编者分别使用了一个虚拟的"何氏家族"成员的代名。此次重版，恢复了编者的本名。

由于版权变易，初版时的林语堂、巴金已为丁玲、萧红所代替。单从人生富含的文化价值看，后者的意蕴恐怕更深。同样出于版权关系，未予收入张爱玲，这是可遗憾的。无论读文学，读人生，张爱玲都是不容忽略的。

新版"人生文丛"，对胡适、郭沫若、冰心、丰子恺等作家，各有篇幅不等的增订。私心里，总是期望选本能够尽善尽美，以贡献于广大读者之前，虽然自知这是很艰难的事。

编者
2023年6月

编辑者说

在中国现代作家中,郁达夫是思想性格最为复杂的一人。他自称"零余者",却满怀爱国的热情;从新文化运动中搏战过来,作为启蒙战士,却又有着根蒂很深的名士气;他孤傲而自卑,倔强而脆弱,积极,进取,却也病态地自暴自弃。他有文章,名曰"感伤的行旅",很可以做一生的写照的。

他是诗人,无疑又是最散文化不过的人。他的行为,从处世做事到纸面文章,都是一例地走到哪里算哪里。他的小说,大抵带有自传性质,而散文,更是坦白无遗地随处表露着自己的行迹与声音了。

郁达夫(1896—1945),原名郁文,字达夫,浙江富阳人。家住古城,藏书万卷,自小打下良好的国学基础。1910年,入杭州府中学读书,次年入育英书院,因参加"风潮"而被除名。1913年,随兄郁华赴日留学,在此期间广泛接触外国文学。1921年出版小说集《沉沦》,随即引起轰动,成为"有争议作品"。1922年归国,参与创造社的领导工作,随后数年，辗转于北京、武昌、广州、上海等大学任教。寓居上海时先后主编《创造月刊》《洪水》《奔流》《白华》《大众文艺》等刊物。1930年，参加发起中国自由运动大同盟，并加入中国左翼作家联盟。1933年，加入中国民权保障同盟。同年，举家移居杭州。居沪数年，出版《达夫全集》计七卷，归杭后，写成《屐痕处处》和《达夫游记》，并出版《达夫散文集》。1936年到福州任福建省政府参议，1938年到武汉参加军事委员会政治部第三厅工作，任设计委员。年底，到新加坡，编辑报刊多种，积极参加抗日工作。1941年，任当地文化界抗日联合会主席。1945年，被日本宪兵杀害于苏门答腊。他的一生，备受恶势力的迫害，结果如郭沫若所说，是不折不扣的"妻离子散，家破人亡"。

由于终生颠沛，历尽沧桑，加以天赋才情，博学广识，因此他的散文制作，从内容到形式，都非常丰富多样。论成就，实不在小说之下。

他的许多散文，都是自述行状，自抒怀抱的。早期多写羁旅之苦，如《还乡记》等，虽然略嫌芜杂冗赘，却是一片真性情，唏嘘之余，令人深感人世的怆凉。至于悼亡文字，更是如此。日记体和书信体，倾吐积悃，最为相宜，故为他所常用。《海上通信》《给一位文学青年的公开状》，都极其真率，充分表达了一个青年知识分子的愤懑。这是一种时代性的精神疾患，难怪后者一经发表，便立即引起强大的反响。此外，还有一种随笔文字，夹以抒情，写得很是别致，如《故都的秋》《江南的冬景》。作者说："原来小品文字的所以可爱的地方，就在它的细、清、真的三点。"在他的文字中，此类小品，尤其以"清"见长。

郁达夫的游记是特别有名的，30年代，甚至有游记作家之称。由于他熟知地方的掌故，又善于体察自然的灵性，加之糅合了古典诗词的凝练与富于韵味的语言去表现，故能随处给人以知识与美的双重享受。

杂感方面，数量更丰。其中，有不少篇什，诸如《说本铎少年》《暴力与倾向》等，讥弹暴政，针砭社会，尖锐明白，痛快淋漓，很可见作者个人的特色，是应当受到重视的。一些纵谈文化与艺术的随笔，如《炉边独语》之类，也都清隽可喜。

"庾信文章老更成"。在散文创作上，郁达夫有着多方面的成就；只是漂流南洋以后，文章反而变得粗浅了。本来，到此地步，无论思想和艺术，当会更臻成熟的。莫非人的内心承受力有一定阈限，毁家去国，结果便如此的不堪其累了吗？真可教人扼腕痛惜的。

目 录

第一辑
艰难时世

青烟 / 3
立秋之夜 / 12
还乡后记 / 14
海上通信 / 27
零余者 / 35
一个人在途上 / 42
灯蛾埋葬之夜 / 50
婿乡年节 / 57
寂寞的春朝 / 60
春愁 / 62
住所的话 / 64
记风雨茅庐 / 68

第二辑
四时风景

钓台的春昼 / 73

杭州 / 82

故都的秋 / 89

花坞 / 93

扬州旧梦寄语堂 / 97

西溪的晴雨 / 105

雨 / 108

江南的冬景 / 110

北平的四季 / 114

第三辑
文场内外

北国的微音 / 123

给一位文学青年的公开状 / 129

怀四十岁的志摩 / 136

光慈的晚年 / 140

弄弄文笔并不是职业 / 146

第四辑

书边小思

艺术家的午睡 / 153

诗人的末路 / 154

故事 / 156

骸骨迷恋者的独语 / 160

炉边独语 / 163

说木铎少年 / 167

不幸而为中国女子 / 169

谣言预言之类的诞生 / 170

清谈的由来 / 172

说模仿 / 173

暴力与倾向 / 175

说"沉默" / 177

山水及自然景物的欣赏 / 179

就家字来说 / 186

为己与为人 / 188

第五辑

雪泥鸿爪

悲剧的出生
　　——自传之一 / 193
我的梦，我的青春
　　——自传之二 / 200
书塾与学堂
　　——自传之三 / 206
水样的春愁
　　——自传之四 / 212
远一程，再远一程
　　——自传之五 / 220
孤独者
　　——自传之六 / 226
大风圈外
　　——自传之七 / 232
海上
　　——自传之八 / 240
所谓自传也者 / 246

第一辑
艰难时世

> 抬头起来,我便能见得那催人老去的日历,时间一天一天的过去了,但是我的事业,我的境遇,我的将来……吃尽了千辛万苦,自家以为已有些物事被我把握住了,但是放开紧紧捏住的拳头来一看,我手里只有一溜青烟!

青　烟

　　寂静的夏夜的空气里闲坐着的我，脑中不知有多少愁思，在这里汹涌。看看这同绿水似的由蓝纱罩里透出来的电灯光。听听窗外从静安寺路上传过来的同倦了似的汽车鸣声，我觉得自家又回到了青年忧郁病时代去的样子，我的比女人还不值钱的眼泪，又映在我的颊上了。

　　抬头起来，我便能见得那催人老去的日历，时间一天一天的过去了，但是我的事业，我的境遇，我的将来，啊啊，吃尽了千辛万苦，自家以为已有些物事被我把握住了，但是放开紧紧捏住的拳头来一看，我手里只有一溜青烟！

　　世俗所说的"成功"，于我原似浮云。无聊的时候偶尔写下来的几篇概念式的小说，虽则受人攻击，我心里倒也没有什么难过，物质上的困迫，只教我自家能咬紧牙齿，忍耐一下，也没有些微关系，但是自从我生出之后，直到如今二十余年的中间，我自家播的种，栽的花，那里有一枝是鲜艳的？那里有一枝曾经结过果来？啊啊，若说人的生活可以涂抹了改作的时候，我的第二次的生涯，决不愿把它弄得同过去的二十年间的生活一样的！我从小若学作木匠，到今日至少也已有一二间房屋造成了。无聊的时候,跑到这所我所手造的房屋边上去看看,我的寂寥,一定能够轻减。我从小若学做裁缝,不消说现在定能把轻罗绣缎剪开来缝成好好的衫子了。无聊的时候,把我自家剪裁,自家缝纫的纤丽的衫裙,打开来一看,我的郁闷,也定能消杀下去。但是无一艺之长的我,从前还自家骗自家,老把古今中外文人所作成的杰作拿出来自慰,现在梦醒之后,看了这些名家的作品,只是愧耐,所以目下连饮鸩也不能止我的渴了,叫我还有什么法子来填补这胸中的空虚呢?

有几个在有钱的人翼下寄生着的新闻记者说:

"你们的忧郁,全是做作,全是无病呻吟,是丑态!"

我只求能够真真的如他们所说,使我的忧郁是假作的,那么就是被他们骂得再厉害一点,或者竟把我所有的几本旧书和几块不知从何处来的每日买面包的钱,给了他们,也是愿意的。

有几个为前面那样的新闻记者作奴仆的人说:

"你们在发牢骚,你们因为没有人来使用你们,在发牢骚!"

我只求我所发的是牢骚,那么我就是连现在正打算点火吸的这枝Felucca,给了他们都可以,因为发牢骚的人,总有一点自负,但是现在觉得自家的精神肉体,委靡得同风的影子一样的我,还有一点什么可以自负呢?

有几个比较了解我性格的朋友说:

"你们所感得的是Toska，是现在中国人人都感得的。"
但是我若有这样的Myriad mind，我早成了Shakespeare了。
我的弟兄说：

"唉，可怜的你，正生在这个时候，正生在中国闹得这样的时候，难怪你每天只是郁郁的，跑上北又弄不好，跑上南又弄不好，你的忧郁是应该的，你早生十年也好，迟生十年也好……"

我无论在什么时候——就假使我正抱了一个肥白的裸体妇女，在酣饮的时候罢——听到这一句话，就会痛哭起来，但是你若再问一声，"你的忧郁的根源是在此了么？"我定要张大了泪眼，对你摇几摇头说："不是，不是。"国家亡了有什么？亡国诗人Sienkiewicz，不是轰轰烈烈的做了一世人么？流寓在租界上的我的同胞不是个个都很安闲的么？国家亡了有什么？外国人来管理我们，不是更好么？陆剑南的"王师北定中原日，家祭无忘告乃翁"的两句好诗，不足因国亡了才做得出来的么？少年的血气干萎无遗的目下的我，那里还有同从前那么的爱国热忱，我已经不是Chauvinist了。

窗外汽车声音渐渐的稀少下去了，苍茫六合的中间我只听见我的笔尖在纸上划字的声音。探头到窗外去一看，我只看见一弯黝黑的夏夜天空，淡映着几颗残星。我搁下了笔，在我这同火柴箱一样的房间里走了几步，只觉得一味凄凉寂寞的感觉，浸透了我的全身，我也不知道这忧郁究竟是从什么地方来的。

虽是刚过了端午节，但象这样暑热的深夜里，睡也睡不着的。我还是把电灯灭黑了，看窗外的景色罢！

窗外的空间只有错杂的屋脊和尖顶，受了几处瓦斯灯的远光，绝似电影的楼台，把它们的轮廓尽在微茫的夜气里。四处都寂静了，我却听见微风吹动窗叶的声音，好象是大自然在那里幽幽叹气的样子。

远处又有汽车的喇叭声响了，这大约是西洋资本家的男女，从淫乐的裸体跳舞场回家去的凯歌罢。啊啊，年纪要轻，颜容要美，更要有钱。

我从窗口回到了座位里，把电灯拈开对镜子看了几分钟，觉得这清瘦的容貌，终究不是食肉之相。在这样无可奈何的时候，还是吸吸烟，倒可以把自家的思想统一起来，我擦了一枝火柴，把一枝Felucca点上了。深深的吸了一口。我仍复把这口烟完全吐上了电灯的绿纱罩子。绿纱罩的周围，同夏天的深山雨后似的，起了一层淡紫的云雾。呆呆的对这层云雾凝视着，我的身子好象是缩小了投乘在这淡紫的云雾中间。这层轻淡的云雾，一飘一扬的荡了开去，我的身体便化而为二，一个缩小的身子在这层雾里飘荡，一个原身仍坐在电灯的绿光下远远的守望着那青烟里的我。

A phantom,

已经是薄暮的时候了。

天空的周围,承受着落日的余晖,四边有一圈银红的彩带,向天心一步步变成了明蓝的颜色,八分满的明月,悠悠淡淡地挂在东半边的空中。几刻钟过去了,本来是淡白的月亮放起光来。月光下流着一条曲折的大江,江的两岸有郁茂的树林,空旷的沙渚。夹在树林沙渚中间,各自离开一里二里,更有几处疏疏密密的村落。村落的外边环抱着一群层叠的青山。当江流曲处,山岗亦折作弓形,白水的弓弦和青山的弓背中间,聚居了几百家人家,便是F县县治所在之地。与透明的清水相似的月光,平均的洒遍了这县城,江流,青山,树林,和离县城一二里路的村落。黄昏的影子,各处都可以看得出来了。平时非常寂静的这F县城里,今晚上却带着些跃动的生气,家家的灯火点得比平时格外的辉煌,街上来往的行人也比平时格外的嘈杂,今晚的月亮,几乎要被小巧的人工比得羞涩起来了。这一天是旧历的五月初十,正是F县城里每年演戏行元帅会的日子。

一个年纪大约四十左右的清瘦的男子,当这黄昏时候,拖了一双走倦了的足慢慢的进了F县城的东门,踏着自家的影子,一步一步的夹在长街上行人中间向西的走来。他的青黄的脸上露着一副惶恐的形容,额上眼下已经有几条皱纹了。嘴边上乱生在那里的一丛芜杂的短胡,和身上穿着的一件龌龊的半旧竹布大衫，证明他是一个落魄的人。他的背脊屈向前面，一双同死鱼似的眼睛，尽在向前面和左旁右旁偷看。好象是怕人认识他的样子，也好象是在那里寻知己的人的样子。他今天早晨从H省城动身，一直走了九十里路，这时候才走到他廿年不见的故乡F城里。

他慢慢的走到了南城街的中心，停住了足向左右看了一看，就从一条被月光照得灰白的巷里走了进去。街上虽则热闹，但这条狭巷里仍是冷冷清清。向南的转了一个弯，走到一家大墙门的前头，他迟疑了一会，便走过去了。走过了两三步，他又回了转来。向门里偷眼一看，他看见正厅中间桌上有一盏洋灯点在那里。明亮的洋灯光射到上首壁上，照出一张钟馗图和几副蜡笺的字对来。此外厅上空空寂寂，没有人影。他在门口走来走去的走了几遍，眼睛里放出了两道晶润的黑光，好象是要哭哭不出来的样子。最后他走转来过这墙门口的时候，里面却走出了一个与他年纪相仿的女人来。因为她走在他与洋灯的中间，所以他只看见她的蓬蓬的头发，映在洋灯的光线里。他急忙走过了三五步，就站住了。那女人走出了墙门，走上和他相反的方向去。他仍复走转来，追到了那女人的背后。那女人听见了他的脚步声忽儿把头朝了转来。他在灰白的月光里对她一看就好象触了电似的呆住了。那女人朝转来对他微微看了一眼，仍复向前的走去。他就赶上一步，轻轻的问那女人说：

"嫂嫂这一家是姓于的人家么？"

那女人听了这句问语，就停住了脚，回答他说：

"嗳！从前是姓于的，现在卖给了陆家了。"

在月光下他虽辨不清她穿的衣服如何，但她脸上的表情是很憔悴，她的话声是很凄楚的，他的问语又轻了一段，带起颤声来了。

"那么于家搬上那里去了呢？"

"大爷在北京，二爷在天津。"

"他们的老太太呢？"

"婆婆去年故了。"

"你是于家的嫂嫂么？"

"嗳！我是三房里的。"

"那么于家就是你一个人住在这里么？"

"我的男人，出去了二十多年，不知道在什么地方，所以我也不能上北京去，也不能上天津去，现在在这里帮陆家烧饭。"

"噢噢！"

"你问于家干什么？"

"噢噢！谢谢……"

他最后的一句话讲得很幽，并且还没有讲完，就往后的跑了。那女人在月光里呆看了一会他的背影，眼见得他的影子一步一步的小了下去，同时又远远的听见了一声他的暗泣的声音,她的脸上也滚了两行眼泪出来。

　　月光将要下山去了。

　　江边上除了几声懒懒的犬吠声外,没有半点生物的动静,隔江岸上,有几家人家,和几处树林,静静的躺在同霜华似的月光里。树林外更有一抹青山,如梦如烟的浮在那里。此时F城的南门江边上,人家已经睡尽了。江边一带的房屋,都披了残月,倒影在流动的江波里,虽是首夏的晚上,但到了这深夜,江上也有些微寒意。

　　停了一会有一群从戏场里回来的人,破了静寂,走过这南门的江上。一个人朝着江面说:

　　"好冷吓,我的毛发都竦竖起来了,不要有溺死鬼在这里讨替身哩!"

　　第二个人说:

　　"溺死鬼不要来寻着我,我家里还有老婆儿子要养的哩!"

　　第三第四个人都哈哈的笑了起来,这一群人过去了之后,江边上仍复归还到一刻前的寂静状态去了。

　　月亮已经下山了,江边上的夜气,忽而变成了灰色。天上的星宿,一颗颗放起光来,反映在江心里。这时候南门的江边上又闪出了一个瘦长的人影,慢慢的在离水不过一二尺的水际徘徊。因为这人影的行动很慢,所以它的出现,并不能破坏江边上的静寂的空气。但是几分钟后这人影忽而投入了江心,江波激动了，江边上的沉寂也被破了。江上的星光摇动了一下，好象似天空掉下来的样子。江波一圈一圈的阔人开来，映在江波里的星光也随而一摇一摇的动了几动。人身入水的声音和江上静夜里生出来的反响与江波的圆圈消灭的时候，灰色的江上仍复有死灭的寂静支配着，去天明的时候，正还远哩！

Epilogue

我呆呆的对着了电灯的绿光，一枝一枝把我今晚刚买的这一包烟卷差不多吸完了。远远的鸡鸣声和不知从何处来的汽笛声，断断续续的传到我的耳膜上来，我的脑筋就联想到天明上去。

可不是么？你看！那窗外的屋瓦，不是一行一行的看得清楚了么？

啊啊，这明蓝的天色！

是黎明期了！

啊呀，但是我又在窗下听见了许多洗便桶的声音。这是一种象征，这是一种象征。我们中国的所谓黎明者，便是秽浊的手势戏的开场呀！

1923年旧历五月十日午前4时

立秋之夜

黝黑的天空里，明星如棋子似的散布在那里。比较狂猛的大风，在高处呜呜的响。马路上行人不多，但也不断。汽车过处，或天风落下来，阿斯法儿脱的路上，时时转起一阵黄沙。是穿着单衣觉得不热的时候。马路两旁永夜不息的电灯，比前半夜减了光辉，各家店门已关上了。

二人尽默默的在马路上走。后面一个穿着一套半旧的夏布洋服，前面的穿着不流行的白纺绸长衫。他们两个原是朋友，穿洋服的是在访一个同乡的归途，穿长衫的是从一个将赴美国的同志那里回来，二人系在马路上偶然遇着的。二人都是失业者。

"你上那里去？"

走了一段，穿洋服的问穿长衫的说。

穿长衫的没有回话，默默的走了一段，头也不朝转来，反问穿洋服的说：

"你上那里去？"

穿洋服的也不回答，默默的尽沿了电车线路在那里走。二人正走到一处电车停留处，后面一乘回车库去的末次电车来了，穿长衫的立下来停了一停，等后面的穿洋服的。穿洋服的慢慢走到穿长衫的身边的时候，停下的电车又开出去了。

"你为什么不乘了这电车回去？"

穿长衫的问穿洋服的说。穿洋服的不答，却脚也不停慢慢的向前走了，穿长衫的就在后面跟着。

二人走到一处三叉路口了。穿洋服的立下来停了一停。穿长衫的走近了穿洋服的身边，脚也不停下来，仍复慢慢的前进。穿洋服的一边跟着，一边问说：

"你为什么不进这叉路回去？"

二人默默的前去，他们的影子渐渐儿离三叉路口远了下去，小了下去，过了一忽，他们的影子就完全被夜气吞没了。三叉路口，落下天风，转起了一阵黄沙。比较狂猛的风，呜呜的在高处响着。一乘汽车来了，三叉路口又转起了阵黄沙。这是立秋的晚上。

8月8日夜12时

还乡后记

风烟俱净，天山共色，从流飘荡，任意东西．自富阳至桐庐一百许里，奇山异水，天下独绝。水皆缥碧，千丈见底，游鱼细石，直视无碍，急湍甚箭，猛浪若奔，隔岸高山，皆生寒树，负势竞上，互相轩邈，争高直指，千百成峰。泉水激石，泠泠作响，好鸟相鸣，嘤嘤成韵。蝉则千啭不穷，猿则百叫无绝。鸢飞戾天者，望峰息心；经纶世务者，窥谷忘反。横柯上蔽，在昼犹昏；疏条交映，有时见日。

——吴均

一

"比在家庭的怀抱里觉得更好的地方，是什么地方？"象这样的地方，当然是没有的，法国的这一句古歌，实在是把人情世态道尽了。

当微雨潇潇之夜，你若身眠古驿，看看萧条的四壁，看看一点欲尽的寒灯，倘不想起家庭的人，这人便是没有心肠者，任它草堆也好，破窑也好，你儿时放摇篮的地方，便是你死后最好的葬身之所呀！我们在客中卧病的时候，每每要想及家乡，就是这事的明证。

我空拳只手的奔回家去。到了杭州，又把路费用尽，在赤日的底下，在车行的道上，我就不得不步行出城。缓步当车，说起来倒是好听，但是在20世纪的堕落的文明里沉浸过的我，既贫贱而又多骄，最喜欢张张虚势，更何况平时是以享乐为主义的我，又那里能够好好的安贫守分，和乡下人一样的蹩蹩泥中呢！

这一天阴历的六月初三，天气倒好得很。但是炎炎的赤日，只能助长有钱有势的人的纳凉佳兴，与我这行路病者，知是丝毫无益的！我慢慢的出了凤山门，立在城河桥上，一边用了我那半旧的夏窈长衫襟袖，揩拭汗水，一边回头来看看杭州的城市，与杭州城上盖着的青天和城墙界上的一排山岭，真有万千的感慨，横亘在胸中。预言者自古不为其故多听容，我今朝却只能对了故里的丘山，来求最后的荫庇，五柳先生的心事，痛可知了。

啊啊！亲爱的诸君，请你们不要误会，我并非是以预言者自命的人，不过说我流离颠沛，却是与预言者的境遇相同，社会错把我作了天才待遇罢了。即使罗秀才能行破石飞鸡的奇迹，然而他的品格，岂不和飘泊在欧洲大陆，猖狂乞食的其泊西（gipsy）一样么？

我勉强走到了江干，腹中饥饿得很了。回故乡去的早班轮船，当然已经开出，等下午的快船出发，还有三个钟头。我在杂乱窄狭的南星桥市上飘流了一会，在靠江的一条冷清的夹道里找出了一家坍败的饭馆来。

饭店的房屋的骨格，同我的胸腔一样，肋骨已经一条一条的数得出来了。幸亏还有左侧的一根木椽，从邻家墙上，横着支住在那里，否则怕去秋的潮汛，早好把它拉入了江心，作伍子胥的烧饭柴火去了。店里的几张板凳桌子，都积满了灰尘油腻，好象是前世纪的遗物。帐柜上坐着一个四十内外的女人，在那里做鞋子。灰色的店里，并没有什么生动的气象，只有在门口柱上贴着的一张"安寓客商"的尘蒙的红纸，还有些微现世的感觉。我因为脚下的钱已快完，不能更向热闹的街心去寻辉煌的菜馆，所以就慢慢的踱了进去。

啊啊，物以类聚！你这短翼差池的饭馆，你若是二足的走兽，那我正好和你分庭抗礼结为兄弟哩。

二

假使天公下一阵微雨，把钱塘江两岸的风景，罩得烟雨模糊，把江边的泥路，浸得污浊难行，那么这时候江干的旅客，必要减去一半，那么我乘船归去，至少可以少遇见几个晓得我的身世的同乡，即使旅客不因之而减少，只教天上有暗淡的愁云蒙着，阶前屋外有几点雨滴的声音，那么围绕在我周围的空气和自然的景物，总要比现在更带有些阴惨的色彩，总要比现在和我的心境更加相符。若希望再奢一点，我此刻更想有一具黑漆棺木在我的旁边。最好是秋风凉冷的九十月之交，叶落的林中，阴森的江上，不断地筛着渺渺的秋雨。我在凋残的芦苇里，雇了一叶扁舟，当日暮的时候，在送灵柩归去。小船上除舟子而外，不要有第二个人。棺里卧着的，若不是和我寝处追随的一个年少妇人，至少也须是一个我的至亲骨肉。我在灰暗微明的黄昏江上，雨声淅沥的芦苇丛中，赤了足，张了油纸雨伞，提了一张灯笼，摸上船头上去焚化纸帛。

　　我坐在靠江的一张破桌子上，等那柜上的妇人下来替我炒蛋炒饭的时候，看看西兴对岸的青山绿树，看看江上的浩荡波光，又看看在江边沙渚的晴天赤日下来往的帆樯肩舆和舟子牛车，里忽起了一种怨恨天帝的心思。我怨恨了一阵，痴想了一阵，就把我的心愿，原原本本的排演了出来。我一边在那里焚化纸帛，一边却对棺里的人说：

　　"Jeanne！我们要回去了，我们要开船了！怕有野鬼来麻烦你，你就拿这一点纸帛送给他们罢！你可要饭吃？你可安稳？你可是伤心了你不要怕，我在这里，我什么地方也不去了，我只在你的边上……"

　　我幽幽的讲到最后的一句，咽喉就塞住了。我在座上拱了两手，把头伏了下去，两面颊上，只感着了一道热气。我重新把我所欲爱的女人，一个一个想了出来，见她们闭着口眼，冰冷的直卧在我的前头。我觉得隐忍不住了，竟任情的放了一声哭声。那个在炉灶上的妇人，以为我在催她的饭，她就同哄小孩子似的用了柔和的声气说：

"好了好了！就快好了，请再等一忽儿！"

啊啊！我又想起来了，我又想起来了，年幼的时候，当我哭泣的时候，祖母母亲哄我的那一种声气！

"已故的老祖母，倚间的老母亲！你们的不肖的儿孙，现在正落魄了在江干等回故里的船呀！"

我在自己制成的伤心的泪海里游泳了一会，那妇人捧了一碗汤，一碗炒饭，摆到了我的面前来。我仰起头来对她一看，她倒惊了一跳。对我呆看了一眼，她就去绞了一块手巾来递给我，叫我擦一擦面。我对了这半老妇人的殷勤，心里说不出的只在感谢。几日来因为睡眠不足，营养不良的缘故，已经是非常感情衰弱，动着就要流泪的我，对她的这一种感谢，也变成了两行清泪，噗嗒的滴下了腮来。她看了这种情形，就问我说：

"客人，你可是遇见了坏人？"

我摇了摇头，勉强的对她笑了一笑，什么话也不能回答。她呆呆的立了一回，看我不能讲话，也就留了一句："饭不够，好再炒的。"安慰我的话，走向她的柜上去了。

三

我吃完了饭,付了她二角银角子,把找回来的八九个铜子,也送给了她,她却摇着头说:

"客人,你是赶船的么?船上要用钱的地方多得很哩,这几个铜子你收着用罢!"

我以为她怪我吝啬,只给她几个铜子的小帐,所以又摸了两角银角子出来给她。她却睁大了眼睛对我说:

"咿咿!这算什么?这算什么?"

她硬不肯受,我才知道了她的真意,所以说:

"但是无论如何,我总要给你几个小帐的。"

她又推了一回,才收了三个铜子说:

"小帐已经有了。"

啊啊,我自回中国以来,遇见的都是些卑污贪暴的野心狼子,我万万想不到在浇薄的杭州城外,有这样的一个真诚的妇人的。妇人呀妇人,你的坍败的屋椽,你的凋零的店铺,大约就是你的真诚的结果,社会对你的报酬!啊啊,有真恨我没有黄金十万,为你建造一家华丽的酒楼。

"再会再会!"

"顺风顺风!船上要小心一点。"

"谢谢!"

我受妇人的怜惜，这可算是平生的第一次。

我出了饭馆，从太阳晒着的冷静的这条夹道，走上轮船公司的那条大街上去。大约是将近午饭的时候了，街上的行人，比量时少了许多。我走到轮船公司门口，向窗里一看，见帐房内有五六个男子围了桌子，赤了膊在那里说笑吃饭。卖票的窗前的屋里，在角头椅上，只坐着两个乡下人，在那里等候，从他们的衣服态度上看来，他们必是临浦萧山一带的农民，也不知他们有什么心事，他们的眉毛却蹙得紧紧的。

我走近了他们，在他们旁边坐下之后，两人中间的一个看了我一眼，问我说：

"鲜散（先生）！到临浦厌办（烟篷）几个脸（钱）？"

"我也不知道，大约是一二角角子吧。"

"喏（你）到啥地方起（去）咯？"

"我上富阳去的。"

"哎（我们）是为得打官司到杭州来咯。"

我并不问他，他却把这一回因为一个学堂里出身的先生告了他的状，不得不到杭州来的事情对我详细的诉说了：

"哎真勿要打官司啦！格煞（现在）田里已（又）忙，宁（人）也走勿开，真真苦煞哉啦！汉（那）个学堂里个（的）鲜散，心也脱凶哉，哎请啦宁刚（讲）过好两遍，情愿拿出八十块洋钿不（给）其（他），其（他）要哎百念块。喏（你）看，格煞五荒六月，敦哎啥地方去变出一百念块洋钿来呢！"

他说着似乎是很伤心的样子。

"唉唉！你这老实的农民，我若有钱，我就给你一百二十块钱救你出险了。但是

Thou's met me in an evil hour;

…………

To Spare thee now is past my power,

…………

我心里这样的一想，又重新起了一阵身世之悲。他看我默默的不语，便也住了口，仍复沉入悲愁的境里去了。

四

我坐在轮船公司的那只角上，默默的与那农民相对，耳里断断续续的听了些在帐房里吃饭的人的笑语，只觉得一阵一阵的哀心隐痛，绝似临盆的孕妇，要产产不出来的样子。

杭州城外，自闸口至南星，统江干一带，本是我旧游之地，我记得没有去国之先，在岸边花艇里，金尊檀板，也曾眠醉过几场。江上的明月，月下的青山，与越郡的鸡酒，佐酒的歌姬，当然依旧在那里助长人生的乐趣。但是我呢？我身上的变化呢？我的同干柴似的一双手里，只捏了三个两角的银角子，在这里等买船票！

过了一点多钟,轮船公司的那间屋里,挤满了旅人,我因为怕逢知我的同乡,只俯了首,默默的坐着不敢吐气。啊啊,窗外的被阳光晒着的长街,在街上手轻脚健快快活活来往的行人,请你们饶恕我的罪罢,这时候我心里真恨不得丢一个炸弹,与你们同归于尽呀。

跟了那两个农民,在窗口买了一张烟篷船票,我就走出公司,走上码头,走上跳板,走上驳船去。

原来钱塘江岸,浅滩颇多,码头下有一排很长的跳板,接庄那里。我跟了众人,一步一步的从跳板上走到驳船里去的时候,却看见了一个我自家的影子,斜映在江水里,慢慢的在那里前进。等走到跳板尽处,将上驳船的时候,我心里忽而想起了一段我女人写给我的信上的话来:

我从来没有一个人单独出过门,那天晚上,我对你说的让我一个人回去的话,原是激于一时的意气而发,我实不知道抱着一个六个月的孩子的妇人的单独旅行,是如何的苦法。那天午后,你送我上车,车开之后,我抱了龙儿,看看车里坐着的男女,觉得都比我快乐。我又探头出来,遥向你住着的上海一望,只见了几家工厂,和屋上排列在那里的一列烟囱。我对龙儿看了一眼,就不知不觉的涌出了两滴眼泪。龙儿看了我这样子,也好象有知识似的对我呆住了。他跳也不跳了,笑也不笑了,默默的尽对我呆看。我看了这种样子,更觉得伤心难耐,就把我的颜面俯上他的脸去,紧紧的吻了他一回。他呆了一会,就在我的怀里睡着了。

　　火车行行前进,我看看车窗外的野景,忽而想起去年你带我出来的时候的景象。啊啊!去岁的初秋,你我一路出来上A地去的快乐的旅行,和这一回惨败了回来的情状一比,当时的感慨如何,大约是你所能推想得出的罢!

　　在江干的旅馆里过了一夜,第二天的早晨,我差茶房送了一个信给住在江干的我的母舅,他就来了。把我的行李送上轮船之后,买了票子,他又来陪我上船去。龙儿硬不要他抱,所以我只能抱着龙儿,跟在他后面,一步一步的走上那骇人的跳板去,等跳板走尽的时候,我想把龙儿交给母舅,纵身一跳,跳入钱塘江里去的。但是仔细一想,在昏夜的扬子江边还淹不死的我,在白日的这浅渚里,又那里能达到我的目的?弄得半死不活,走回家去,反而要被人家笑话,还不如忍着罢。

　　我到家以后,这几天来,简直还没有取过饮食,所以也没有气力写信给你,请你谅我。……

五

啊啊,贫贱夫妻百事哀!我的女人啊,我累你不少了。

我走上了驳船，在船篷下坐定之后，就把三个月前，在上海北站，送我女人回家的事情想了出来。忘记了我的周围坐着的同行者，忘记了在那里摇动的驳船，并且忘记了我自家的失意的情怀，我只见清瘦的我的女人抱了我们的营养不良的小孩在火车窗里，在对我流泪。火车随着蒸汽机关在那里前进，她的眼泪洒满的苍白的脸儿，也和车轮合着了拍子，一隐一现的在那里窥探我。我对她点一点头，她也对我点一点头。我对她手招一招，教她等我一忽，她也对我手招一招。我想使尽我的死力，跳上火车去和她坐一块儿，但是心里又怕跳不上去，要跌下来。我迟疑了许久，看她在窗里的愁容，渐渐的远下去，淡下去了，才抱定了决心，站起来向前面伸出了一只手去。我攀着了一根铁干，听见了一声哃哃的冲击的声音，纵身向上一跳，觉得双脚踏在木板上了。忽有许多嘈杂的人声，逼上我的耳膜来；并且有几只强有力的手，突突的向我背后推打了几下。我回转头来一看，方知是驳船到了轮船身边，大家在争先的跳上轮船来，我刚才所攀着的铁干，并不是火车的回栏，我的两脚也并不是在火车中间，却踏在小轮船的舷上了。

我随了众人挤到后面的烟篷角上去占了一个位置，静坐了几分钟，把头脑休息了一下，方才从刚才的幻梦状态里醒了转来。

向船外一望，我看见透明的淡蓝色的江水，在那里反射日头。更抬头起来，望到了对岸，我看见一条黄色的沙滩，一排苍翠的杂树,静静的躺在午后的阳光里吐气。

我弯了腰背孤伶仃的坐了一忽,轮船开了。在闸口停了一停,这一只同小孩子的玩具似的小轮船就仆独仆独的奔向西去。两岸的树林沙渚,旋转了好几次,江岸的草舍,农夫,和偶然出现的鸡犬小孩,都好象是和平的神话里的材料,在那里等赫西奥特(Hesiod)的吟咏似的。

经过了闻家堰,不多一忽,船就到了东江嘴。上临浦义桥的船客,是从此地换入更小的轮船,溯支江而去的。买票前和我坐在一起的那两个农民,被茶房拉来拉去的拉到了船边,将换入那只等在那里的小轮船去的时候,一个和我讲话过的人,忽而回转头来对我看了一眼,我也不知不觉的回了他一个目礼。啊啊!我真想跟了他们跳上那只小轮船去,因为一个钟头之后,我的轮船就要到富阳了,这回前去停船的第一个码头,就是富阳了,我有什么面目回家去见我的衰亲,见我的女人和小孩呢?

但是运命注定的最坏的事情,终究是避不掉的。轮船将近我故里的县城的时候,我的心脏的鼓动出和轮船的机器一样,仆独仆独的响了起来。等船一靠岸,我就杂在众人堆里,披了一身使人眩晕的斜阳,俯着首走上岸来。上岸之后,我却走向和回家的路径方向相反的一个冷街上的土地庙去坐了二点多钟。等太阳下山,人家都在吃晚饭的时候,我方才乘了夜阴,走上我们家里的后门边去。我侧耳一听,听见大家都在庭前吃晚饭，偶尔传过来的一声我女人和母亲的说话的声音，使我按不住的想奔上前去，和她们去说一句话，但我终究忍住了。乘后门边没有一个人在，我就放大了胆，轻轻推开了门，不声不响的摸上楼上我的女人的房里去睡了。

晚上我的女人到房里来睡的时候，如何的惊惶，我和她如何的对泣，我们如何的又想了许多谋自尽的方法，我在此地不记下来了，因为怕人家说我是为欲引起人家的同情的缘故，故意的在夸张我自家的苦处。

1923年8月19日

海上通信

晚秋的太阳，只留下一道金光，浮映在烟雾空濛的西方海角。本来是黄色的海面被这夕照一烘，更加红艳得可怜了。从船尾望去，远远只见一排陆地的平岸，参差隐约的在那里对我点头。这一条陆地岸线之上，排列着许多一二寸长的桅樯细影，绝似画中的远草，依依有惜别的余情。

海上担了微波，一层一层的细浪，受了残阳的返照，一时光辉起来，飒飒的凉意，逼入人的心脾。清淡的天空，好象是离人的泪眼，周围边上，只带着一道红圈。是薄寒浅冷的时候，是泣别伤离的日暮。扬子江头，数声风笛，我又上了这天涯飘泊的轮船。

以我的性情而论。在这样的时候，正好陶醉在惜别的悲哀里，满满的享受一场Sentimental sweetness。否则也应该自家制造一种可怜的情调，使我自家感得自家的风尘仆仆，一事无成。若上举两事都办不到的时候，至少也应该看看海上的落日，享受享受那伟大的自然的烟景。但是这三种情怀，我一种也酿造不成，呆呆的立在龌龊杂乱的海轮中层的舱口，我的心里，只充满了一种愤恨，觉得坐也不是，立也不是，硬要想拿一把快刀，杀死几个人，才肯甘休。这愤恨的原因是在什么地方呢？一是因为上船的时候，海关上的一个下流的外国人，定要把我的书籍打开来检查，检查之后，并且想把我所崇拜的列宁的一册著作拿去。二是因为新开河口的一家卖票房，收了我头等舱的船钱，骗我入了二等的舱位。

啊啊，掠夺欺骗，原是人的本性，若能达观，也不合有这一番气愤，但是我的度量却狭小得同耶稣教的上帝一样，若受着不平，总不能忍气吞声的过去。我的女人曾对我说过几次，说这是我的致命伤，但是无论如何，我总改不过这个恶习惯来。

轮船愈行愈远了，两岸的风景，一步一步的荒凉起来了，天色也垂暮了，我的怨愤，却终于渐渐的平了下去。

沫若呀，仿吾成均呀，我老实对你们说，自从你们下船上岸之后，我一直到了现在，方想起你们三人的孤凄的影子来。啊啊，我们本来是反逆时代而生者，吃苦原是前生注定的。我此番北行，你们不要以为我是为寻快乐而去，我的前途风波正多得很哩！

天色暗下来了，我想起了家中在楼头凝望着我的女人，我想起了乳母怀中在那里伊吾学语的孩子，我更想起了几位比我们还更苦的朋友，啊啊，大海的波涛，你若能这样的把我吞咽了下去；倒好省却我的一番苦恼。我愿意化成一堆春雪，躺在五月的阳光里，我愿意代替了落花，陷入污泥深处去，我愿意背负了天下青年男女的肺痨恶疾，就在此处消灭了我的残生。

啊啊！这些感伤的咏叹，只能博得恶魔的一脸微笑，几个在资本家跟前俯伏的文人，或者将要拿了我这篇文字，去佐他们的淫乐的金樽，我不说了，我不再写了，我等那一点西方海上的红云消尽的时候，且上舱里去喝一杯白兰地罢，这是日本人所说的Yakezake！

10月5日7时书

昨天晚上因为多喝了一杯白兰地，并且因为前夜在F. E.饭店里的一夜疲劳，还没有回复，所以一到床上就睡着了。我梦见了一个十五六的少女和我同舱，我硬要求她和我亲嘴的时候，她回复我说：

"你若要宝石，我可以给你Rajah's diamond,
你若要王冠，我可以给你世上最大的国家，
但是这绯红的嘴唇，这未开的蔷薇花瓣，
我要保留着等世上最美的人来！"

我用了武力，捉住了她，结果竟做了一个《风月宝鉴》里的迷梦，所以今天头昏得很，什么也想不出来。但是与海天相对，终觉得无聊，我把佐藤春夫的一篇小说《被剪的花儿》读了。

在日本现代的小说家中，我所最崇拜的是佐藤春夫。他的小说，周作人君也曾译过几篇，但那几篇并不是他的最大的杰作。他的作品中的第一篇，当然要推他的出世作《病了的蔷薇》，即《田园的忧郁》了。其他如《指纹》，《李太白》

等，都是优美无比的作品。最近发表的小说集《太孤寂了》，我还不曾读过。依我看来，这一篇《被剪的花儿》也可说是他近来的最大的收获。书中描写主人公失恋的地方，真是无微不至，我每想学到他的地步，但是终于画虎不成。他在日本现代的作家中，并不十分流行。但是读者中间的一小部分，却是对他抱着十二分的好意的。有一次何畏对我说：

"达夫！你在中国的地位，同佐藤在日本的地位一样。但是日本人能了解佐藤的清洁高傲，中国人却不能了解你，所以你想以作家立身是办不到的。"

惭愧惭愧！我何敢望佐藤春夫的肩背！但是在目下的中国，想以作家立身，非但干枯的我没有希望，即使Victor Hugo，Charles Dickens，Gerhart Hautpmann等来，也是无望的。

沫若！仿吾！我们都是笨人，我们弃去了康庄的大道不走，偏偏要寻到这一条荆棘丛生的死路上来。我们即使在半路上气绝身死，也同野狗的毙于道旁一样，却是我们自家寻得的苦恼，谁也不能来和我们表同情，谁也不能来收拾我们的遗骨的。啊啊！又成了牢骚了，"这是中国文人最丑的恶习，非绝灭它不可的地方"，我且收住不说了罢！

单调的海和天，单调的船和我，今日使我的精神萎缩得不堪。十二时中，足破这单调的现象，只有晚来海中的落日之景，我且搁住了笔，去看The Glorious Sunsetting罢！

10月6日日暮的时候

这一次的航海，真奇怪得很，一点儿风浪也没有，现在船已到了烟台了。烟台港同长崎门司那些港埠一些儿也没有分别，可惜我没有金钱和时间的余裕，否则上岸去住他一二星期，享受一番异乡的情调，倒也很有趣味。烟台的结晶处是东首临海的烟台山。在这座山上，有领事馆，有灯台，有别庄，正同长崎市外的那所检疫所的地点一样。沫若，你不是在去年的夏天有一首在检疫所作的诗么？我现在坐在船上，遥遥的望着这烟台的一带山市，也起了拿破仑在媛来娜岛上之感，啊啊，飘流人所见大抵略同，——我们不是英雄，我们且说飘流人罢！

山东是产苦力的地方，烟台是苦力的出口处。船一停锚，抢上来的凶猛的搭客，和售物的强人，真把我骇死，我足足在舱里躲了三个钟头，不敢出来。

到了日暮，船将起锚的时候，那些售物者方散退回去，我也出了舱，上船舷上来看落日。在海船里，除非有衣摆奈此的小说《默示录的四骑士》中所描写的那种同船者的恋爱追逐之外，另外实没有一件可以慰遣寂寥的事情，所以我这一次的通信里所写的也只是落日，Sunsetting, Abend Roete, etc., etc., 请你们不要笑我的重复！

我刚才说过，烟台港和长崎门司一样，是一条狭长的港市，环市的三面，都是浅淡的连山。东面是烟台山，一直西去，当太阳落下去的那一支山脉，不知道是什么名字？但是我想这一支山若要命名，要比"夕阳""落照"等更好的名字，怕没有了。

一带连山，本来有近远深浅的痕迹可以看得出来的，现在当这落照的中间，都只染成了淡紫。市上的炊烟，也濛濛的起了，便使我想起故乡城市的日暮的景色来，因为我的故乡，也是依山带水，与这烟台市不相上下的呀！

日光没了，天上的红云也淡了下去。一阵凉风吹来，忽使人起了一种莫名其妙的哀感。我站在船舷上，看看烟台市中一点两点渐渐增加起来的灯火，看看甲板上几千落了伍急急忙忙赶回家去的卖物的土人，忽而索落索落的滴下了两粒眼泪来。我记得我女人有一次说，小孩子到了日暮，总要哭着寻他的娘抱，因为怕晚上没有睡觉的地方。这时候我的心里，大约也被这一种Nostalgia笼罩住了罢，否则何以会这样的落寞！这样的伤感！这样的悲愁无着处呢！

这船今晚上是要离开烟台上天津去的，以后是在渤海里行路了。明天晚上可到天津。我这通信，打算一上天津就去投邮。愿你与婀娜和小孩全好，仿吾也好，成均也好，愿你们的精神能够振刷；啊啊，这样在勉励你们的我自家，精神正颓丧得很呀！我还要说什么！我还有说话的资格么！

10月7日晚8时烟台舱中

不知在什么时候,我记得你曾说过,沫若,你说:"我们的拿起笔来要写,大约是已经成了习惯了,无论如何,我此后总不能绝对的废除笔墨的。"这一种冯妇之习,不但是你免不了,怕我也一样的罢。现在精神定了一定,我又想写了。

昨天船离了烟台,即起大风,船中的一班苦力,个个头上都淋成五色。这是什么理由呢?因为他们都是连绵席地而卧,所以你枕我的头,我枕你的脚。一人吐了,二人就吐,三人四人,传染过去。铤而走险,急不能择,他们要吐的时候就不问是人头人足,如长江大河的直泻下来。起初吐的是杂物,后来吐黄水,最后就赤化了。我在这一个大吐场里,心里虽则难受,但却没有"效他们的颦",大约是曾经沧海的结果,也许是我已经把心肝呕尽,没有吐的材料了。

今天的落日,是在七十二沽的芦草上看的。几堆泥屋,一滩野草,野草里的鸡犬,泥屋前的穿红布衣服的女孩,便是今日的落照里的风景。

船靠岸的时候,已经是夜半了。二哥哥在埠头等我。半年不见,在青白的瓦斯光里他说我又瘦了许多。非关病酒,不是悲秋,我的瘦,却是杜甫之瘦,儒冠之害呀!

从清冷的长街上,在灰暗凉冷的空气里,把身体搬上这家旅店里之后,哥哥才把新总统明晚晋京的话,告诉我听。好一个魏武之子孙,几年来的大愿总算成就了,但是,但是只可怜了我们小百姓,有苦说不出来。听说上海又将打电报,抬菩萨，祭旗拜斗的大耍猴子戏。我希望那些有主张的大人先生。要干快干，不要虚张声势的说："来来来！干干干！"因为调子唱得高的时候，胡琴有脱板的危险。中国的没有真正革命起来的原因，大约是受的"发明电报者"之害哟！

几天不看报，倒觉得清净得很。明天一到北京，怕又不得不目睹那些中国特有的承平新气象，我生在这样的一个太平时节，心里实在是怕看这些黄帝之子孙的文明制度了。

夜也深了，老车站的火车轮声，也渐渐的听不见了，这一间奇形怪状的旅舍里，也只充满了鼾声。窗外没月亮，冷空气一阵一阵的来包围我赤裸裸的双脚。我虽则到了天津，心里依然是犹豫不定：

"究竟还是上北京去作流氓去呢，还是到故乡家里去作隐士？"

名义上自然是隐士好听，实际上终究是飘流有趣。等我来问一个诸葛神卦，再决定此后的行止罢！

敕敕敕，弟子郁……

…………

…………

10月8日夜3时书于天津的旅馆内

零余者

"Arm am Beutel, krank am Herzen,
Sehleppt ich meine langen Tage,
Armut ist die groesste Plage,
Reichtum ist das hoechste Gut."

不晓在什么时候什么地方看见过的这几句诗,轻轻的在口头念着,我两脚合了微吟的拍子,又慢慢的在一条城外的大道上走了。

袋里无钱,心头多恨。
这样无聊的日子,教我捱到何时始尽。
啊啊,贫苦是最大的灾星,
富裕是最上的幸运。

诗的意思,大约不外乎此,实际上人生的一切,我想也尽于此了。"不过令人愁闷的贫苦,何以与我这样的有缘?使人生快乐的富裕,何以总与我绝对的不来接近?"我眼睛呆呆的注视着前面空处,两脚一步一步踏上前去,一面口中虽在微吟,一面于无意中又在作这些牢骚的想头。

是日斜的午后,残冬的日影,大约不久也将收敛光辉了,城外一带的空气,仿佛要凝结拢来的样子。视野中散在那里的灰色的城墙,冰冻的河道,沙土的空地荒田,和几丛枯曲的疏树,都披了淡薄的斜阳,在那里伴人的孤独。一直前面大约在半里多路前的几个行人,因为他们和我中间距离太远了,在我脑里竟不发生什么影响。我觉得他们的几个肉体,和散在道旁的几家泥屋及左面远立着的教会堂,都是一类的东西,散漫零乱,中间没有半点联络,也没有半点生气,当然更没有一些儿的情感了。

"唉嘿,我也不知在这里干什么?"

微吟倦了,我不知不觉便轻轻的长叹了一声。慢慢的走去,脑里的思想,只往昏黑的方面进行;我的头愈俯愈下了。

——实在我的衰退之期,来得太早了。……象这样一个人在郊外独步的时候,若我的身子忽而能同一堆春雪遇着热汤似的消化得干干净净,岂不很好么?……回想起来,又觉得我过去二十余年的生涯是很长的样子,……我什么事情没有做过?……儿子也生了,女儿也有了,书也念了,考也考过好几次了,哭也哭过,笑也笑过,嫖赌吃着,心里发怒,受人欺辱,种种事情,种种行为,我都经验过了,我还有什么事情没有做过?……等一等,让我再想一想看,究竟有没有什么没有经验过的事情了,……自家死还没有死过;啊,还有还有，我高声骂人的事情还不曾有过，譬如气得不得了的时候，放大了喉咙，把敌人大骂一场的事情。就是复仇复了的时候的快感，我还没有感得过。……啊啊！还有还有，监牢还不曾坐过，……唉，但是假使这些事情，都被我经验过了，也有什么？结果还不是一个空么？……嘿嘿，嗯嗯。——到了这里，我的思想的连续又断了。

袋里无钱，心头多恨。

这样无聊的日子，教我捱到何时始尽。

啊啊，贫苦是最大的灾星，

富裕是最上的幸运。

微微的重新念着前诗，我抬起头来一看，觉得太阳好象往西边又落了一段，倒在右手路上的自己的影子，更长起来了。从后面来的几乘人力车，也慢慢的赶过了我．一边让他们的路，一边我听取了坐车的人和车夫在那里谈话的几句断片。他们的话题，好象是关于女人的事情。啊啊，可羡的你们这几个虚无主义者，你们大约是上前边黄土坑去买快乐去的罢，我见了你们，倒恨起我自家没有以前的生趣来了。

一边想一边往西北的走去，不知不觉已走到了京绥铁路的路线上。从此偏东北的再进几步，经过了白房子的地狱，便可顺了通万牲园的大道进西直门去的。苍凉的暮色，从我的灰黄的周围逼近拢来，那倾斜的赤日，也一步一步的低垂下去了。大好的夕阳，留不多时，我自家以为在冥想里沉没得不久，而四边的急景，却告诉我黄昏将至了。在这荒野里的物体的影子，渐渐的散漫了起来，不知从何处吹来的微风，也有些急促的样子，带着一种惨伤的寒意。后面跶跶跶跶的又来了一乘空的运货马车，一个披着光面皮里子的车夫，默默的斜坐在前头车板上吃烟，我忽而感觉得天寒岁暮，好象一个人飘泊在俄国的乡下。马车去远了，白房子的门外，有几乘黑旧的人力车停在那里。车夫大约坐在踏脚板上休息，所以看不出他们的影子来。我避过了白房子的地狱，从一块高墈上的地里，打算走上通西直门的大道上去。从这高处向四边一望，见了凋丧零乱排列在灰色幕上的野景，更使我感得了一种日暮的悲哀。

——唉唉，人生实在不知究竟是什么一回事？歌歌哭哭，死死生生，……世界社会，兄弟朋友，妻子父母，还有恋爱，啊吓，恋爱，恋爱，恋爱，……还有金钱，……啊啊……

Armut ist die groesste Plage,

Reichtum ist das hoechste Gut.

好诗好诗！

The curfew tolls the knell of parting day,

The lowing herd winds slowly o'er the lea,

The ploughman homeward plods his weary Way,

And leaves the world to darkness and to me.

好诗好诗！

And leaves the world to darkness and to me.

我的错杂的思想，又这样的弥散开来了。天空高处，寒风呜呜的响了几下，我俯倒了头，尽往东北的走去，天就快黑了。

远远的城外河边，有几点灯火，看得出来，大约紫蓝的天空里，也有几点疏星放起光来了吧？大道上断续的有几乘空马车来往，车轮的跞跞跞跞的声音，好象是空虚的人生的反响，在灰暗寂寞的空气中散了。我遵了大道，以几点灯火作了目标，将走近西直门的时候，模糊隐约的我的脑里，忽而起了一个霹雳。到这时候止，常在脑里起伏的那些毫无系统的思想，都集中在一个中心点上，成了一个霹雳，显现了出来。

"我是一个真正的零余者！"

这就是霹雳的核心，另外的许多思想，不过是些附属在这霹雳上的枝节而已。这样的忽而发见了思想的中心点，以后我就用了科学的方法推了下去：

——我的确是一个零余者，所以对于社会人世是完全没有用的。a superfluous man! a useless man! superfluous! superfluous……证据呢？这是很容易证明的……。

这时候，我的两只脚已经在西直门内的大街上运转。四边来往的人类，究竟比城外混杂得多。天也已经昏黑，道旁的几家破店和小摊，都点上灯了。

——第一……我且从远处说起吧……第一我对于世界是完全没有用的。……我这样生在这里，世界和世界上的人类，也不能受一点益处；反之，我死了，世界社会，也没有一些儿损害，这是千真万确的。……第二，且说中国吧！对于这样混乱的中国，我竟不能制造一个炸弹，杀死一个坏人。中国生我养我，有什么用处呢？……再缩小一点，嗳，再缩小一点，第三,第三且说家庭吧!啊,对于我的家庭,我却是个少不得的人了。在外国念书的时候,已故的祖母听见说找有病,就要哭得两眼红肿。就是半男性的母亲,当我有一次醉死在朋友家里的时候,也急得大哭起来。此外我的女人,我的小孩,当然是少我不得的!哈哈,还好还好,我还是个有用之人。——

想到了这里,我的思想上又起了一个冲突。前刻发现的那个思想上的霹雳,几乎可以取消的样子,但迟疑了一会,我终究解决不了这个问题的矛盾性。抬起头来一看,我才知道我的身体已被我搬在一条比较热闹的长街上行动。街路两旁的灯火很多,来往的车辆也不少,人声也很嘈杂,已经是真正的黄昏时候了。

——象这样的时候,若我的女人在北京,大约我总不会到市上来飘荡的罢!在灯火底下,抱了自家的儿子,一边吻吻他的小嘴,一边和来往厨下忙碌的她问答几句,踱来踱去,踱去踱来,多少快乐啊!啊啊,我对于我的女人,还是一个有用之人哩!不错不错,前一个疑问,还没有解决,我究竟还是一个有用之人么?——

这时候,我意识里的一切周围的印象,又消失了。我还是伏倒了头,慢慢的在解决我的疑问:

——家庭,家庭,……第三,家庭,……让我看,哦,啊,我对于家庭还是一个完全无用之人!……丝毫没有功利主义的存心,完全沉溺于的盲目之爱的我的祖母,已经死了。母亲呢?……啊啊,我读书学术,到了现在,还不能做出一点轰轰烈烈的事业来，就是这几块钱……。——

我那时候两只手却插在大氅的袋内，想到了这里，两只手自然而然的向袋里散放着的几张钞票捏了一捏。

——啊啊，就是这几块钱，还是昨天从母亲那里寄出来的，我对于母亲有什么用处呢？我对于家庭有什么用处呢？我的女人，我不去娶她，总有人会去娶她的；我的小孩，我不生他，也有人会生他的，我完全是——一个无用之人啊，我依旧是一个无用之人吓！——

急转直下的想到了这里，我的胸前忽觉得有一块铁板压着似的难过得很。我想放大了喉咙，啊的大叫它一声，但是把嘴张了好几次，喉头终放不出音来。没有方法，我只能放大了脚步，向前同跑也似的急进了几步。这样的不知走了几分钟，我看见一乘人力车跑上前来兜我的买卖。我不问皂白，跨上了车就坐定了。车夫问我上什么地方去，我用手向前指指，喉咙只是和被热铁封锁住的一样，一句话也讲不出来。人力车向前面跑去，我只见许多灯火人类，和许多不能类列的物体，在我的两旁旋转。

"前进！前进！象这样的前进罢！不要休止，不要停下来！"

我心里一边在这样的希望，一边却在恨车夫跑得太慢。

十三年正月十五日

一个人在途上

在东车站的长廊下，秘女人分开以后，自家又剩了孤零丁的一个。频年飘泊惯的两口儿，这一回的离散，倒也算不得什么特别。可是端午节那天，龙儿刚死，到这时候北京城里虽已起了秋风，但是计算起来，去儿子的死期，究竟还只有一百来天。在车座里，稍稍把意识恢复转来的时候，自家就想起了卢骚晚年的作品《孤独散步者的梦想》的头上的几句话：

"自家除了己身以外，已经没有弟兄，没有邻人，没有朋友，没有社会了。自家在这世上，象这样的，已经成了一个孤独者了……"

然而当年的卢骚还有弃养在孤儿院内的五个儿子，而我自己哩，连一个抚育到五岁的儿子都还抓不住！

离家的远别，本来也只为想养活妻儿。去年在某大学的被逐，是万料不到的事情。其后兵乱迭起，交通阻绝，当寒冬的十月，会病倒在沪上，也是谁也料想不到的。今年二月，好容易到得南方，静息了一年之半，谁知这刚养得出趣的龙儿，又会遭此凶疾的呢？

龙儿的病报，本是在广州得着，匆促北航，到了上海，接连接了几个北京来的电报。换船到天津，已经是旧历的五月初十。到家之夜，一见了门上的白纸条儿，心里已经是跳得慌乱，从苍茫的暮色里赶到哥哥家中，见了衰病的她，因为在大众之前，勉强将感情压住。草草吃了夜饭，上床就寝，把电灯一灭，两人只有紧抱的痛哭，痛哭，痛哭，只是痛哭，气也换不过来，更那里有说一句话的余裕？

受苦的时间，的确脱煞过去得太悠徐，今年的夏季，只是悲叹的连续。晚上上床，两口儿，那敢提一句话？可怜这两个迷散的灵心，在电灯灭黑的黝暗里，所摸走的荒路，每会凑集在一条线上，这路的交叉点里，只有一块小小的墓碑，墓碑上只有"龙儿之墓"的四个红字。

妻儿因为在浙江老家内，不能和母亲同住，不得已，而搬往北京当时我在寄食的哥哥家去，是去年的四月中旬。那时候龙儿正长得肥满可爱，一举一动，处处教人欢喜。到了五月初，从某地回京，觉得哥哥家太狭小，就在什刹海的北岸，租定了一间渺小的住宅。夫妻两个，日日和龙儿伴乐，闲时也常在北海的荷花深处，及门前的杨柳荫中带龙儿去走走。这一年的暑假，总算过得最快乐，最闲适。

秋风吹叶落的时候，别了龙儿和女人，再上某地大学去为朋友帮忙，当时他们俩还往西车站去送我来哩！这是去年秋晚的事情，想起来还同昨日的情形一样。

过了一月，某地的学校里发生事情，又回京了一次，在什刹海小住了两星期，本来打算不再出京了，然碍于朋友的面子，又不得不于一天寒风刺骨的黄昏，上西车站去乘车。这时候因为怕龙儿要哭，自己和女人，吃过晚饭，便只说要住哥哥家里去，只许他送我们到门口，记得那一天晚上他一个人和老妈子立在门口，等我们俩去了好远，还"爸爸！爸爸！"的叫了好几声。啊啊，这几声惨伤的呼唤，便是我在这世上听到的他叫我的最后的声音！

出京之后，到某地住了一宵，就匆促逃往上海。接续便染了病，遇了强盗辈的争夺政权，其后赴南方暂住，一直到今年的五月，才返北京。

想起来，龙儿实在是一个填债的儿子，是当饥离困厄的这几年中间，特来安慰我和他娘的愁闷的使者！

自从他在安庆生落地以来，我自己没有一天脱离过苦闷，没有一处安住到五个月以上。我的女人，也和我分担着十字架的重负，只是东西南北的奔波飘泊。然当日夜难安，悲苦得不了的时候，只教他的笑脸一开，女人和我，就可以把一切穷愁，丢在脑后。而今年五月初十待我赶到北京的时候，他的尸体，早已在妙光阁的广谊园地下躺着了。

他的病，说是脑膜炎。自从得病之日起，一直到旧历端午节的午时绝命的时候止，中间经过有一个多月的光景。平时被我们宠坏了的他，听说此番病里，却乖顺得非常。叫他吃药，他就大口的吃，叫他用冰枕，他就很柔顺的躺上。病后还能说话的时候，只问他的娘："爸爸几时回来？""爸爸在上海为我定做的小皮鞋，已经做好了没有？"我的女人，于惑乱之余，每幽幽的问他："龙！你晓得你这一场病，会不会死的？"他老是很不愿意的回答说："哪儿会死的哩？"据女人含泪的告诉我说，他的谈吐，绝不似一个五岁的小儿。

未病之前一个月的时候，有一天午后他在门口玩耍，看见西面来了一乘马车，马车里坐着一个戴灰白色帽子的青年。

他远远看见，就急忙丢下了伴侣，跑进屋里去叫他娘出来，说："爸爸回来了，爸爸回来了！"因为我去年离京时所戴的，是一样的顶白灰呢帽。他娘跟他出来到门前，马车已经过去了，他就死劲的拉住了他娘，哭喊着说："爸爸怎么不家来吓？爸爸怎么不家来吓？"他娘说慰了半天，他还尽是哭着，这也是他娘含泪和我说的。现在回想起来，自己实在不该抛弃了他们，一个人在外面流荡，致使他那小小的灵心，常有这望远思亲的伤痛。

去年六月，搬往什刹海之后，有一次我们在堤上散步，因为他看见了人家的汽车，硬是哭着要坐，被我痛打了一顿。又有一次，也是因为要穿洋服，受了我的毒打。这实在只能怪我做父亲的没有能力，不能做洋服给他穿，雇汽车给他坐。早知他要这样的早死，我就是典当强劫，也应该去弄一点钱来，满足他这点点无邪的欲望。到现在追想起来，实在觉得对他不起，实在是我太无容人之量了。

我女人说，濒死的前五天，在病院里，他连叫了几夜的爸爸！她问他："叫爸爸干什么！"他又不响了，停一会儿，就又再叫起来。到了旧历五月初三日，他已入了昏迷状态，医师替他抽骨髓，他只会直叫一声"干吗？"喉头的气管，咯咯在抽咽，眼睛只往上吊送，口头流些白沫，然而一口气总不肯断。他娘哭叫几声"龙！龙！"他的两个眼角上，就会迸流些眼泪出来，后来他娘看他苦得难过，倒对他说：

"龙！你若是没有命的，就好好的去罢！你是不是想等爸爸回来？就是你爸爸回来，也不过是这样的替你医治罢了。龙！你有什么不了的心愿呢？龙！与其这样的抽咽受苦，你还不如快快的去罢！"

他听了这一段话，眼角上的眼泪，更是涌流得厉害。到了旧历端午节的午时，他竟等不着我的回来，终于断气了。

丧葬之后，女人搬往哥哥家里，暂住了几天。我于五月十日晚上，下车赶到什刹海的寓宅，打门打了半天，没有应声。后来抬头一看，才见了一张告示邮差送信的白纸条。

自从龙儿生病以后，连日夜看护久已倦了的她，又那里经得起最后的这一个打击？自己当到京之夜，见了她的衰容，见了她的泪眼，又那里能够不痛哭呢！

在哥哥家里小住了两三天，我因为想追求龙儿生前的遗迹，一定要女人和我仍复搬回什刹海的住宅去住它一两个月。

搬回去那天，一进上屋的门，就见了一张被他玩破的今年正月里的花灯。听说这张花灯，是南城大姨妈送他的，因为他自家烧破了一个窟窿，他还哭过好几次来的。

其次，便是上房里砖上的几堆烧纸钱的痕迹！系当他下殓时烧给他的。

院子里有一架葡萄，两棵枣树，去年采取葡萄枣子的时候，他站在树下，兜起了大褂，仰头在看；树上的我。我摘取一颗，丢入了他的大褂兜里，他的哄笑声，要继续到三五分钟。今年这两棵枣树，结满了青青的枣子，风起的半夜里，老有熟极的枣子辞枝自落。女人和我，睡在床上，有时候且哭且谈，总要到更深人静，方能入睡。在这样的幽幽的谈话中间，最怕听的，就是这滴答的坠枣之声。

到京的第二日，和女人去看他的坟墓。先在一家南纸铺里买了许多冥府的钞票，预备去烧送给他。直到到了妙光阁的广谊园茔地门前，她方从呜咽里清醒过来，说："这是钞票，他一个小孩如何用得呢？"就又回车转来，到琉璃厂去买了些有孔的纸钱。她在坟前哭了一阵，把纸钱钞票烧化的时候，却叫着说：

"龙！这一堆是钞票，你收在那里，待长大了的时候再用，要买什么，你先拿这一堆钱去用罢！"

这一天在他的坟上坐着，我们直到午后七点，太阳平西的时候，才回家来。临走的时候，他娘还哭叫着说：

"龙！龙！你一个人在这里不怕冷静的么？龙！龙！人家

若来欺你,你晚上来告诉娘罢!你怎么不想回来了呢?你怎么梦也不来托一个呢?"

箱子里,还有许多散放着的他的小衣服。今年北京的天气,到七月中旬,已经是很冷了。当微凉的早晚,我们俩都想换上几件夹衣,然而因为怕见到他旧时的夹衣袍袜,我们俩却尽是一天一天的捱着,谁也不说出口来,说"要换上件夹衫"。

有一次和女人在那里睡午觉,她骤然从床上坐了起来,鞋也不拖,光着袜子,跑上了上房起坐室里,并且更掀帘跑上外面院子里去。我也莫名其妙跟着她跑到外面的时候,只见她在那里四面找寻什么,找寻不着,呆立了一会,她忽然放声哭了起来,并且抱住了我急急的追问说:"你听不听见?你听不听见?"哭完之后,她才告诉我说,在半醒半睡的中间,她听见"娘!娘!"的叫了两声,的确是龙的声音,她很坚定的说:"的确是龙回来了。"

北京的朋友亲戚,为安慰我们起见,今年夏天常请我们俩去吃饭听戏。她老不愿意和我同去,因为去年的六月,我们无论上那里去玩,龙儿是常和我们在一处的。

今年的一个暑假,就是这样的,在悲叹和幻梦的中间消逝了。

这一回南方来催我就道的信,过于匆促,出发之前,我觉得还有一件大事情没有做了。

中秋节前新搬了家，为修理房屋，部署杂事，就忙了一个星期。出发之前，又因了种种琐事，不能抽出空来，再上龙儿的坟地里去探望一回。女人上东车站来送我上车的时候，我心里尽酸一阵痛一阵的在回念这一件恨事。我好几次想和她说出来，教她于两三日后再往妙光阁去探望一趟，但见了她的憔悴尽的颜色，和苦忍住的凄楚，又终于一句话也没有讲成。

现在去北京远了，去龙儿更远了，自家只一个人，只是孤零丁的一个人。在这里继续此生中大约是完不了的飘泊。

1926年10月5日在上海旅馆内

灯蛾埋葬之夜

神经衰弱症，大约是因无聊的闲日子过了太多而起的。

对于"生"的厌倦，确是促生这时髦病的一个病根，或者反过来说，如同发烧过后的人在嘴里所感味到的一种空淡，对人生的这一种空淡之感，就是神经衰弱的征候，也是一样。

总之，入夏以来，这症状似乎一天在比一天加重，迁居之后，这病症当然也和我一道地搬了家。

虽然是说不上什么转地疗养，但新搬的这一间小屋，真也有一点田园的野趣。节季是交秋了，往后的这小屋的附近，这文明和蛮荒接界的区间，该是最有声色的时候了。声是秋声，色当然也是秋色。

先让我来说所以要搬到这里来的原委。

不晓在什么时候，被印上了"该隐的印号"之后，平时进出的社会里绝迹不敢去了。当然社会是有许多层的，但那"印号"的解释，似乎也有许多样。

最重要的解释，第一自然是叛逆，在做官是"一切"的国里，这"印号"的政治的解释，本尽可以包括了其他种种。但是也不尽然，最喜欢含糊的人类，有必要的时候，也最喜欢分清。

于是第二个解释来了,似乎是关于"时代"的,曰"落伍"。天南北的两极,只教用得着,也不妨同时并用,这便是现代人的智慧。

来往于两极之间,新旧人同样的可以举用的,是第三个解释,就是所谓"悖德"。

但是向额上摩摸一下,这"该隐的印号",原也摩摸不出,更不必说这种种的解释。或者行窃的人自己在心虚,自以为是犯了大罪,因而起这一种叫作被迫的Complex,也说不定。天下太平,本来是无事的,神经衰弱病者可总免不了自扰。所以断绝交游,抛撇亲串,和地狱底里的精灵一样,不敢现身露迹,只在一阵阴风里独来独往的这种行径,依小德谟克利多斯Robert Burton的分析,或者也许是忧郁病的最正确的症候。

因为背上负着的是这么一个十字架,所以一年之内,只学着行云,只学着流水,搬来搬去的尽在搬动。暮春三月底,偶尔在火车窗里,看见了些浅水平桥,垂杨古树,和几群飞不尽的乌鸦,忽然想起的,是这一个也不是城市,也不是乡村的界线地方。租定这间小屋,将几本丛残的旧籍迁移过来的,怕是在五月的初头。而现在却早又是初秋了,时间的飞逝,实在是快得很,真快得很。

小屋的前后左右,除一条斜穿东西的大道之外,全是些斑驳的空地。一垄一垄的褐色土垄上，种着些秋茄豇豆之类，现在是一棵一棵的棉花也在半吐白蕊的时节了。而最好看的，要推向上包紧，颜色是白里带青，外面有一层毛茸似的白雾，菜茎柄上，也时时呈着紫色的一种外国人叫作Lettuce的大叶卷心菜，大约是因为地近上海的缘故罢，纯粹的中国田园，也被外国人的嗜好所侵入了。这一种菜，我来的时候，原是很多的，现在却逐渐逐渐的少了下去。在这些空地中间，如突然想起似的，卑卑立着，散点在那里的，是一间两间的农夫的小屋，形状奇古的几株老柳榆槐，和看了令人不快的许多不落葬的棺材。此外同沟渠似的小河也有，以棺材旧板作成的桥梁也有，忽然一块小方地的中间，种着些颜色鲜艳的草花之类的卖花者的园地也有，简说一句，这里附近的地面，大约可以以江浙平地区中的田园百科大辞典来命名，而在这百科大辞典中，异乎寻常，以一张厚纸，来用淡墨铜版画印成的，要算在我们屋后矗立着的那块本来是由外国人经营的庞大的墓地。

　　这墓地的历史，我也不大明白，但以从门口起一直排着，直到中心的礼拜堂屋后为止的那两排齐云的洋梧桐树看来，少算算大约也总已有了六十几岁的年纪。

　　听土著的农人说来，这仿佛是上海开港以来，外国人最先经营的墓地，现在是已经无人来过问了，而在三四十年前头，却也是洋冬至外国清明及礼拜日的沪上洋人的散步之所哩。因为此地离上海，火车不过三四十分钟，来往是极便的。

小屋的租金，每月八元。以这地段说起来，似乎略嫌贵些，但因这样的闲屋出租的并不多，而屋前屋后，隙地也有几弓，可以由租户去莳花种菜，所以比较起来，也觉得是在理的价格。尤其是包围在屋的四周的寂静，同在坟墓里似的寂静，是在洋场近处，无论出多少金钱也难买到的。

初搬过来的时候，只同久病初愈的患者一样，日日只伸展了四肢，躺在藤椅子上，书也懒得读，报也不愿看，除腹中饥饿的时候，稍微吃取一点简单的食物而外，破这平平的一日间的单调的，是向晚去田塍野路上行试的一回漫步。在这将落未落的残阳夕照之中，在那些青枝落叶的野菜畦边，一个人背手走着，枯寂的脑里，有时却会汹涌起许多前后不接的断想来。头上的天色老是青青的，身边的暮色也老是沉沉的。

但在这些前后没有脉络的断想的中间，有时候也忽然大小脑会完全停止工作。呆呆的立在野田里，同一根枯树似的呆呆直立在那里之后，会什么思想，什么感觉都忘掉，身子也不能动了，血液也仿佛凝住不流似的，全身就如成了"所多马"城里的盐柱，不消说脑子是完全变作了无波纹无血管的一张扁平的白纸。

漫步回来，有时候也进一点晚餐，有时候简直茶也不喝一口，就爬进床去躺着。室内的设备简陋到了万分，电灯电扇等文明的器具是没有的。月明之夜，睡到夜半醒来的时候，床前的小泥窗口，若晒进了月亮的青练的光儿，那这一夜的睡眠，就不能继续下去了。

　　不单是有月亮的晚上,就是平常的睡眠,也极容易惊醒。眼睛微微的开着,鼾声是没有的,虽则睡在那里,但感觉却又不完全失去,暗室里的一声一响,虫鼠等的脚步声,以及屋外树上的夜鸟鸣声,都一一会闯进到耳朵里来。若在日里陷入于这一种假睡的时候,则一边睡着,一边周围的行动事物,都会很明细的触进入意识的中间。若周围保住了绝对的安静,什么声响,什么行动都没有的时候,那在这假寐的一刻中,十几年间的事情,就会很明细的,很快的,在一瞬间开展开来。至于乱梦,那更是多了,多得连叙也叙述不清。

　　我自己也知道是染了神经衰弱症了。这原是七八年来到了夏季必发的老病。

　　于是就更想静养,更想懒散过去。

　　今年的夏季,实在并没有什么大热的天气,尤其是在我这一个离群的野寓里。

　　有一天晚上,天气特别的闷,晚餐后上床去躺了一忽,终觉得睡不着,就又起来,打开了窗户,和她两人坐在天井里候凉。

　　两人本来是没有什么话好谈,所以只是昂着头在看天上的飞云,和云堆里时时露现出来的一颗两颗的星宿。

　　一边慢摇着蒲扇,一边这样的默坐在那里,不晓得坐了多久了,室内桌上的一枝洋烛,忽而灭了它的芯光。

两人既不愿意动弹，也不愿意看见什么，所以灯光的有无，也毫没有关系，仍旧是默默的坐在黑暗里摇动扇子。

又坐了好久好久，天末似起了凉风，窗帘也动了，天上的云层，飞舞得特别的快。

打算去睡了，就问了一声：

"现在不晓得是什么时候了？"

她立了起来，慢慢走进了室内，走入里边房里去拿火柴去了。

停了一会，我在黑暗里看见了一丝火光和映在这火光周围的一团黑影，及黑影底下的半面她的苍白的脸。

第一枝火柴灭了，第二枝也灭了，直到了第三枝才点旺了洋烛。

洋烛点旺之后，她急急的走了出来，手里却拿着了那个大表，轻轻地说：

"不晓是什么时候了，表上还只有六点多钟呢？"

接过表来，拿近耳边去一听，什么声响也没有。我连这表是在几日前头开过的记忆也想不起来了。

"表停了！"

轻轻地回答了一声，我也消失了睡意，想再在凉风里坐它一刻。但她却又继续着说：

"灯盘上有一只很美的灯蛾死在那里。"

跑进去一看，果然有一只身子淡红，翅翼绿色，比蝴蝶小一点,但全身却肥硕得很的灯蛾横躺在那里。右翅上有一处焦影,触须是烧断了。默看了一分钟,用手指轻轻拨了它几拨,我双目仍旧盯视住这扑灯蛾的美丽的尸身,嘴里却不能自禁地说:

"可怜得很!我们把它去向天井里埋葬了罢!"

点了灯笼,用银针向黑泥松处掘了一个圆穴,把这美丽的尸身埋葬完时,天风加紧了起来,似乎要下大雨的样子。

拴上门户,上床躺下之后,一阵风来,接着如乱石似的雨点,便打上了屋檐。

一面听着雨声,一面我自语似的对她说:

"霞!明天是该凉快了,我想到上海去看病去。"

1928年8月作

婿乡年节

一看到了婿乡的两字,或者大家都要联想到淳于髡的卖身投靠上去。我可没有坐吃老婆饭的福分,不过杭州两字实在用腻了,改作婿乡,庶几可以换一换新鲜;所以先要从杭州旧历年底老婆所做的种种事情说起。

第一,是年底的做粽子与枣饼。我说:"这些东西,做它作啥!"老婆说:"横竖是没有钱过年了,要用索性用它一个精光,籴两斗糯米来玩玩,比买航空券总好些。"于是乎就有了粽子与枣饼。

第二,是年三十晚上的请客。我说:"请什么客呢?到杭州来吃他们几顿,不是应该的么?"老婆说:"你以为他们都是你丈母娘——据风雅的先生们说,似乎应该称作泰水的——屋里的人么?礼尚往来,吃人家的吃得那么多,不回请一次,倒好意思?"于是乎就请客。

酒是杭州的来得贱,菜只教自己做做,也不算贵。麻烦的,是客人来之前屋里厨下的那一种兵荒撩乱的样子。

年三十的午后,厨下头刀兵齐举,屋子里火辣烟熏,我一个人坐在客厅上吃闷酒。一位刚从欧洲回来的同乡,从旅舍里来看我，见了我的闷闷的神气，弄得他说话也不敢高声。小孩儿下学回来了，一进门就吵得厉害，我打了他们两个嘴巴。这位刚从文明国里回来的绅士，更看得难受了，临行时便悄悄留下了一封钞票，预备着救一救我当日的急。其实，经济的压迫，倒也并不能够使我发愁，不过近来酒性不好，文章不敢写了以后，喝一点酒，老爱骂人。骂老婆不敢骂，骂用人不忍骂，骂天地不必骂，所以微醉之后，总只以五岁三岁的两个儿子来出气。

天晚了，客人也到齐了，菜还没有做好，于是手先来一次五百攒。输了不甘心，赢了不肯息，就再来一次再来一次的攒了下去。肚皮饿得精瘪，膀胱胀得蛮大，还要再来一次。结果弄得头鸡叫了，夜饭才兹吃完。有的说，"到灵隐天竺去烧头香去罢，"有的说，"上城隍山去看热闹去罢！"人数多了，意见自然来得杂。谁也不愿意赞成谁，九九归原，还是再来一次。

天白茫茫的亮起来了，门外头爆竹声也没有，锣鼓声也没有，百姓真如丧了考妣。屋里头，只剩了几盏黄黄的电灯，和一排油满了的倦脸。地上面是瓜子壳，橘子皮，香烟头，和散铜板。

人虽则大家都支撑不住了，但因为是元旦，所以连眨着眼睛，连打着呵欠，也还在硬着嘴说要上那儿去，要上那儿去。

客散了，太阳出来了，家里的人都去睡觉了；我因为天亮的时候的酒意未消，想骂人又没有了人骂，所以只轻脚轻手地偷出了大门，偷上了城隍山的极顶。一个人立在那里举目看看钱塘江的水，和隔岸的山，以及穿得红红绿绿的许多默默无言的善男信女，大约是忽而想起了王小二过年的那出滑稽悲剧了罢，肚皮一捧，我竟哈哈，哈哈，哈哈的笑了出来，同时也打了几个大声的喷嚏。

　　回来的时候，到了城隍山脚下的元宝心，我听见走在我前面的一位乡下老太太，在轻轻地对一位同行的中年妇人说："今年真倒霉，大年初一，就在城隍山上遇见了一个疯子。"

寂寞的春朝

　　大约是年龄大了一点的缘故罢？近来简直不想行动，只爱在南窗下坐着晒晒太阳，看看旧籍，吃点容易消化的点心。

　　今年春暖，不到废历的正月，梅花早已开谢，盆里的水仙花，也已经香到了十分之八了。因为自家想避静，连元旦应该去拜年的几家亲戚人家都懒得去。饭后瞌睡一醒，自然只好翻翻书架，检出几本正当一点的书来阅读。顺手一抽，却抽着了一部退补斋刻的陈龙川的文集。一册一册的翻阅下去，觉得中国的现状，同南末当时，实在还是一样。外患的迭来，朝廷的蒙昧，百姓的无智，志士的悲哽，在这中华民国的二十四年，和孝宗的乾道淳熙，的确也没有什么绝大的差别，从前有人吊岳飞说："怜他绝代英雄将，争不迟生付孝宗！"但是陈同甫的《中兴五论》，上孝宗皇帝的《三书》，毕竟又有点什么影响？

　　读读古书，比比现代，在我原是消磨春昼的最上法门。但是且读且想，想到了后来，自家对自家，也觉得起了反感。在这样好的春日，又当这样有为的壮年，我难道也只能同陈龙川一样，做点悲歌慷慨的空文，就算了结了么？但是一上书不报，再上，三上书也不报的时候，究竟一条独木，也支不起大厦来的。为免去精神的浪费，为避掉亲友的来扰，我还是拖着双脚，走上城隍山去看热闹去。

自从迁到杭州来后，这城隍山真对我发生了绝大的威力。心中不快的时候，闲散无聊的时候，大家热闹的时候，风雨晦冥的时候，我的唯一的逃避之所就是这一堆看去也并不高大的石山。去年旧历的元旦，我是上此地来过的；今年虽则年岁很荒，国事更坏，但山上的香烟热闹，绿女红男，还是同去年一样。对花溅泪，怕要惹得旁人说煞风景，不得已我只好于背着手走下山来的途中，哼它两句旧诗：

"大地春风十万家，偏安原不损繁华。输降表已传关外，册帝文应出海涯。北阙三书终失策，暮年一第亦微瑕。千秋论定陈同甫，气壮词雄节较差。"走到了寓所，连题目都想好了，是《乙亥元日，读〈陈龙川〉集，有感时事》。

1935年2月4日

春　愁

说秋月不如春月的，毕竟是"只解欢娱不解愁"的女孩子们的感觉，象我们男子，尤其是到了中年的我们这些男子，恐怕到得春来，总不免有许多懊恼与愁思。

第一，生理上就有许多不舒服的变化；腰骨会感到酸痛，全体筋络，会觉得疏懒。做起事情来，容易厌倦，容易颠倒。由生理的反射，心理上自然也不得不大受影响。譬如无缘无故会感到不安，恐怖，以及其他的种种心状，若焦躁，烦闷之类。

而感觉得最切最普遍的一种春愁，却是"生也有涯"的我们这些人类和周围大自然界的对比。

年去年来，花月风云的现象，是一度一番，会重新过去，从前是常常如此，将来也决不会改变的。可是人呢？号为万物之灵的人呢？却一年比一年的老了。由浑噩无知的童年，一进就进入了满贮着性的苦闷，智的苦闷的青春。再不几年，就得渐渐的衰，渐渐的老下去。

从前住在上海，春天看不见花草，听不到鸟声，每以为无四季变换的洋场十里，是劳动者们的永久地狱。对于春，非但感到了恐怖，并且也感到了敌意，这当然是春愁。现在住上了杭州，到处可以看湖山，到处可以听黄鸟，但春浓反显得人老，对于春又新起了一番妒意，春愁可更加厚了。

在我个人，并且还有一种每年来复的神经性失眠的症状，是从春暮开始，入夏剧烈，到秋方能痊治的老病。对这死症的恐怖，比病上了身，实际上所受的肉体的苦痛还要厉害。所以春对我，绝对不能融洽，不能忍受。年纪轻一点的时候，每思到一个终年没有春到的地方去做人；在当时单凭这一种幻想，也可以把我的春愁减杀一点，过几刻快活的时间。现在中年了，理智发达，头脑固定，幻想没有了。一遇到春，就只有愁虑，只有恐惧。

去年因为新搬上杭州来过春天，近郊的有许多地方，还不曾去跑过，所以二三四的几个月，就完全化去在闲行跋涉的筋肉劳动之上，觉得身体还勉强对付了过去。今年可不对了，曾经去过的地方，不想再去，而新的可以娱春的方法，又还没有发见。去旅行么？既无同伴，又缺少旅费。读书么？写文章么？未拿起书本，未捏着笔，心里就烦躁得要命。喝酒也岂能长醉，恋爱是尤其没有资格了。

想到了最后，我只好希望着一种不意的大事件的发生，譬如"一·二八"那么的飞机炸弹的来临，或大地震大革命的勃发之类，或者可以把我的春愁驱散，或者简直可以把我的躯体毁去；但结果，这当然也不过是一种无望之望，同少年时代一样的一种幻想而已。

1935年2月15日

住所的话

自以为青山到处可埋骨的飘泊惯的流人，一到了中年，也颇以没有一个归宿为可虑；近来常常有求田问舍之心，在看书倦了之后，或夜半醒来，第二次再睡不着的枕上。

尤其是春雨萧条的暮春，或风吹枯木的秋晚，看看天空，每会作赏雨茅屋及江南黄叶村舍的梦想；游子思乡，飞鸿倦旅，把人一年年弄得意气消沉的这时间的威力，实在是可怕，实在是可恨。

从前很喜欢旅行，并且特别喜欢向没有火车飞机轮船等近代交通利器的偏僻地方去旅行。一步一步的缓步着，向四面绝对不曾见过的山川风物回视着，一刻有一刻的变化，一步有一步的境界。到了地旷人稀的地方，你更可以高歌低唱，袒裼裸裎，把社会上的虚伪的礼节，谨严的态度，一齐洗去。人与自然，合而为一，大地高天，形成屋宇，蠓蠓蚁虱，不觉其微，五岳昆仑，也不见其大。偶或遇见些茅篷泥壁的人家，遇见些性情纯朴的农牧，听他们谈些极不相干的私事，更可以和他们一道的悲，一道的喜。半岁的鸡娘，新生一蛋，其乐也融融，与国王年老，诞生独子时的欢喜，并无什么分别。黄牛吃草，嚼断了麦穗数茎,今年的收获,怕要减去一勺,其悲也戚戚,与国破家亡的流离惨苦,相差也不十分远。

至于有山有水的地方呢,看看云容岩影的变化,听听大浓啮矶的音乐,应临流垂钓,或松下息阴。行旅者的乐趣,更加可以多得如放翁的入蜀道,刘阮的上天台。

这一种好游旅,喜飘泊的情性,近年来渐渐地减了;连有必要的事情,非得上北平上海去一次不可的时候,都一天天地在拖延下去,只想不改常态,在家吃点精致的菜,喝点芳醇的酒,睡睡午觉,看看闲书,不愿意将行动和平时有所移易;总之是懒得动。

而每次喝酒,每次独坐的时候,只在想着计划着的,却是一间洁净的小小的住宅,和这住宅周围的点缀与铺陈。

若要住家,第一的先决问题,自然是乡村与城市的选择。以清静来说,当然是乡村生活比较得和我更为适合。可是把文明利器——如电灯自来水等——的供给,家人买菜购物的便利,以及小孩的教育问题等合计起来,却又觉得住城市是必要的了。县城市之外形,而又富有乡村的景象之田园都市,在中国原也很多。北方如北平,就是一个理想的都城;南方则未建都前之南京,濒海的福州等处,也是住家的好地。可是乡土的观念,附着在一个人的脑里,同毛发的生于皮肤一样,丛长着原没有什么不对,全脱了却也势有点儿不可能。所以三年之前,也是在一个春雨霏微的节季,终于听了霞的劝告,搬上杭州来住下了。

杭州这一个地方，有山有湖，还有文明的利器，儿童的学校，去上海也只有四个钟头的火车路程，住家原没有什么不合适。可是杭州一般的建筑物，实在太差，简直可以说没有一间合乎理想的住宅，旧式的房子呢，往往没有院子，顶多顶多也不过有一堆不大有意义的假山，和一条其实是只能产生蚊子的鱼池。所谓新式的房子呢，更加恶劣了，完全是上海弄堂洋房的抄袭，冬天住住，还可以勉强，一到夏天，就热得比蒸笼还要难受。而大抵的杭州住宅，都没有浴室的设备，公共浴场呢，又觉得不卫生而价贵。

所以自从迁到杭州来住后，对于住所的问题，更觉得切身地感到了。地皮不必太大，只教有半亩之宫，一亩之隙，就可以满足。房子亦不必太讲究，只须有一处可以登高望远的高楼，三间平屋就对。但是图书室，浴室，猫狗小舍，儿童游嬉之处，灶房，却不得不备。房子的四周，一定要有阔一点的回廊；房子的内部，更需要亮一点的光线。此外是四周的树木和院子里的草地了，草地中间的走路，总要用白沙来铺才好。四面若有邻舍的高墙，当然要种些爬山虎以掩去墙头，若系旷地，只须植一道矮矮的木栅，用黑色一涂就可以将就。门窗当一例以厚玻璃来做，屋瓦应先钉上铅皮，然后再覆以茅草。

照这样的一个计划来建筑房子，大约总要有二千元钱来买地皮，四千元钱来充建筑费，才有点儿希望。去年年底，在微醉之后，将这私愿对一位朋友说了一遍，今年他果然送给了我一块地，所以起楼台的基础，倒是有了。现在只在想筹出四千元钱的现款来建造那一所理想的住宅。胡思乱想的结果，在前两三个月里，竟发了疯，将烟钱酒钱省下了一半，去买了许多奖券；可是一回一回的买了几次，连末尾也不曾得过，而吃了坏烟坏酒的结果，身体却显然受了损害了。闲来无事，把这一番经过，对朋友一说，大家笑了一场之后，就都为我设计，说从前的人，曾经用过的最上妙法，是发自己的讣闻，其次是做寿，再其次是兜会。

可是为了一己的舒服，而累及亲戚朋友，也着实有点说不过去，近来心机一转，去买了些《芥子园》、《三希堂》等画谱来，在开始学画了；原因是想靠了卖画，来造一所房子，万一画画，仍旧是不能吃饭，那么至少至少，我也可以画许多房子，挂在四壁，给我自己的想象以一顿醉饱，如饥者的画饼，旱天的画云霓。这一个计划，若不至于失败，我想在半年之后，总可以得到一点慰安。

记风雨茅庐

自家想有一所房子的心愿,已经起了好几年了;明明知道创造欲是好,所有欲是坏的事情,但一轮到了自己的头上,总觉得衣食住行四件大事之中的最低限度的享有,是不可以不保住的。我衣并不要锦绣,食也自甘于藜藿,可是住的房子,代步的车子,或者至少也必须一双袜子与鞋子的限度,总得有了才能说话。况且从前曾有一位朋友劝过我说,一个人既生下了地,一块地却不可以没有,活着可以住住立立,或者睡睡坐坐,死了便可以挖一个洞,将己身来埋葬,当然这还是没有火葬,没有公墓以前的时代的话。

自搬到杭州来住后,于不意之中,承友人之情,居然弄到了一块地,从此葬的问题总算解决了;但是住呢,占据的还是别人家的房子。去年春季,写了一篇短短的应景而不希望有什么结果的文章,说自己只想有一所小小的住宅;可是发表了不久,就来了一个回响。一位做建筑事业的朋友先来说:"你若要造房子,我们可以完全效劳";一位有一点钱的朋友也说:"若通融得少一点,或者还可以想法"。四面一凑,于是起造一个风雨茅庐的计划即便成熟到了百分之八十,不知我者谓我有了钱，深知我者谓我冒了险，但是有钱也罢，冒险也罢，入秋以后，总之把这笑话勉强弄成了事实，在现在的寓所之旁，也竟丁丁笃笃地动起了工，造起了房子。这也许是我的Folly，这也许是朋友们对于我的过信，不过从今以后，那些破旧的书籍，以及行军床，旧马子之类，却总可以不再去周游列国，学夫子的栖栖一代了，在这些地方，所有欲原也有它的好处。

本来是空手做的大事，希望当然不能过高；起初我只打算以茅草来代瓦，以涂泥来作壁，起它五间不大不小的平房，聊以过过自己有一所住宅的瘾的；但偶尔在亲戚家一谈，却谈出来了事情。他说："你要造房屋，也得拣一个日，看一看方向；古代的《周易》，现代的天文地理，却实在是有至理存在那里的呢！"言下他还接连举出了好几个很有征验的实例出来给我听，而在座的其他三四位朋友，并且还同时做了填具脚踏手印的见证人。更奇怪的，是他们所说的这一位具有通天入地眼的奇迹创造者，也是同我们一样，读过哀皮西提，演过代数几何，受过现代高等教育的学校毕业生。经这位亲戚的一介绍，经我的一相信，当初的计划，就变了卦，茅庐变作了瓦屋，五开间的一排营房似的平居，拆作了三开间两开间的两座小蜗庐。中间又起了一座墙，墙上更挖了一个洞；住屋的两旁，也添了许多间的无名的小房间。这么的一来，房屋原多了不少，可同时债台也已经筑得比我的风火围墙还高了几尺。这一座高台基石的奠基者郭相经先生，并且还在劝我说："东南角的龙手太空，要好，还得造一间南向的门楼，楼上面再做上一层水泥的平台才行。"他的这一句话，又恰巧打中了我的下意识里的一个痛处；在这只空角上，我实在也在打算盖起一座塔样的楼来，楼名是十五六年前就想好的，叫作"夕阳楼"。现在这一座塔楼，虽则还没有盖起，可是只打算避避风雨的茅庐一所，却也涂上了朱漆，嵌上了水泥，有点象是外国乡镇里的五六等贫民住宅的样子了；自己虽则不懂阳宅的地理，但在光线不甚明亮的清早或薄暮看起来，倒也觉得郭先生的设计，并没有弄什么玄虚，和科学的方法，仍旧还是对的。所以一定要在光线不甚明亮的时候看的原因，就因为我的胆子毕竟还小，不敢空口说大话要包工用了最好的材料来造我这一座贫民住宅的缘故。这倒还不在话下，有点儿觉得麻烦的，却是预先想好的那个风雨茅庐的风雅名字与实际的不符。皱眉想了几天，又觉得中国的山人并不入山，儿子的小犬也不是狗的玩意儿，原早已有人在干了，我这样小小的再说一个并不害人的谎，总也不至于有死罪。况且西湖上的那间巍巍乎有点象先施永安的堆栈似的高大洋楼之以××草舍作名称，也不曾听见说有人去干涉过。多一事不如少一事，九九归原，还是照最初的样子，把我的这间贫民住宅，仍旧叫作了避风雨的茅庐。横额一块，却是因马君武先生这次来杭之便，硬要他伸了疯痛的右手，替我写上的。

1936年1月10日

第二辑

四时风景

人生万事,总得有个变换,方觉有趣;生之于死,喜之于悲,都是如此,推及天时,又何尝不然?无雨那能见晴之可爱,没有夜也将看不出昼之光明。

钓台的春昼

因为近在咫尺,以为什么时候要去就可以去,我们对于本乡本土的名区胜景,反而往往没有机会去玩,或不容易下一个决心去玩的。正唯其是如此,我对于富春江上的严陵,二十年来,心里虽每在记着,但脚却从没有向这一方面走过。一九三一,岁在辛未,暮春三月,春服未成,而中央党帝,似乎又想玩一个秦始皇所玩过的把戏了,我接到了警告,就仓皇离去了寓居。先在江浙附近的穷乡里,游息了几天,偶而看见了一家扫墓的行舟,乡愁一动,就定下了归计。绕了一个大弯,赶到故乡,却正好还在清明寒食的节前。和家人等去上了几处坟,与许久不曾见过面的亲戚朋友,来往热闹了几天,一种乡居的倦怠,忽而袭上心来了,于是乎我就决心上钓台去访一访严子陵的幽居。

钓台去桐庐县城二十余里,桐庐去富阳县治九十里不足,自富阳溯江而上,坐小火轮三小时可达桐庐,再上则须坐帆船了。

我去的那一天,记得是阴晴欲雨的养花天,并且系坐晚班轮去的,船到桐庐,已经是灯火微明的黄昏时候了,不得已就只得在码头近边的一家旅馆的高楼上借了一宵宿。

桐庐县城;大约有三里路长,三千多烟灶,一二万居民,地在富春江西北岸,从前呈皖浙交通的要道,现在杭江铁路一开,似乎没有一二十年前的繁华热闹了。尤其要使旅客感到萧条的,却是桐君山脚下的那一队花船失去了踪影。说起桐君山,却是桐庐县的一个接近城市的灵山胜地,山虽不高,但因有仙,自然是灵了。以形势来论,这桐君山,也的确是可以产生出许多口音生硬,别具风韵的桐严嫂来的生龙活脉。地处在桐溪东岸,正当桐溪和富春江合流之所,依依一水,西岸便瞰视着桐庐县市的人家烟树。南面对江,便是十里长洲,唐诗人方干的故居,就在这十里桐洲九里花的花田深处。向西越过桐庐县城,更遥遥对着一排高低不定的青峦,这就是富春山的山子山孙了。东北面山下,是一片桑麻沃地,有一条长蛇似的官道,隐而复现,出没盘曲在桃花杨柳洋槐榆树的中间,绕过一支小岭,便是富阳县的境界,大约去程明道的墓地程坟,总也不过一二十里地的间隔。我的去拜谒桐君,瞻仰道观,就在那一天到桐庐的晚上,是淡云微月,正在作雨的时候。

鱼梁渡头,因为夜渡无人,渡船停在东岸的桐君山下。我从旅馆踱了出来,先在寓轮埠不远的渡口停立了几分钟,后来向一位来渡口洗夜饭米的年轻少妇,弓身请问了一回,才得到了渡江的秘诀。她说:"你只须高喊两三声,船自会来的。"先谢了她教我的好意,然后以两手围成了播音的喇叭,"喂,喂，渡船请摇过来"地纵声一喊，果然在半江的黑影当中，船身摇动了。渐摇渐近，五分钟后，我在渡口，却终于听出了咿呀柔橹的声音。时间似乎已经入了酉时的下刻，小市里的群动，这时候都已经静息，自从渡口的那位少妇，在微茫的夜色里，藏去了她那张白团团的面影之后，我独立在江边，不知不觉心里头兀自感到了一种他乡日暮的悲哀。渡船到岸，船头上起了几声微微的水浪清音，又铜东的一响，我早已跳上了船，渡船也已经掉过头来了。坐在黑影沉沉的舱里，我起先只在静听着柔橹划水的声音，然后却在黑影里看出了一星船家在吸着的长烟管头上的烟火，最后因为被沉默压迫不过，我只好开口说话了："船家！你这样的渡我过去，该给你几个船钱？"我问。"随你先生把几个就是。"船家说话冗慢幽长，似乎已经带着些睡意了，我就向袋里摸出了两角钱来。"这两角钱，就算是我的渡船钱，请你候我一会，上去烧一次夜香，我是依旧要渡过江来的。"船家的回答，只是恩恩乌乌，幽幽同牛叫似的一种鼻音，然而从继这鼻音而起的两三声轻快的喀声听来，他却已经在感到满足了，因为我也知道，乡间的义渡，船钱最多也不过是两三枚铜子而已。

到了桐君山下，在山影和树影交掩着的崎岖道上，我上岸走不上几步，就被一块乱石绊倒，滑跌了一次。船家似乎也动了恻隐之心了，一句话也不发，跑将上来，他却突然交给了我一盒火柴。我于感谢了一番他的盛意之后，重整步武，再摸上山去，先是必须点一枝火柴走三五步路的，但到得半山，路既就了规律，而微云堆里的半规月色，也朦胧地现出一痕银线来了，所以手里还存着的半盒火柴，就被我藏入了袋里。路是从山的西北，盘曲而上，渐走渐高，半山一到，天也开朗了一点，桐庐县市上的灯光，也星星可数了。更纵目向江心望去，富春江两岸的船上和桐溪合流口停泊着的船尾船头，也看得出一点一点的火来。走过半山，桐君观里的晚祷钟鼓，似乎还没有息尽，耳朵里仿佛听见了几丝木鱼铓钹的残声。走上山顶，先在半途遇着了一道道观外围的女墙，这女墙的栅门，却已经掩上了。在栅门外徘徊了一刻，觉得已经到了此门而不进去，终于是不能满足我这一次暗夜冒险的好奇怪癖的。所以细想了几次，还是决心进去，非进去不可，轻轻用手往里面一推，栅门却呀的一声，早已退向了后方开开了，这门原来是虚掩在那里的。进了栅门。踏着为淡月所映照的石砌平路，向东向南的前走了五六十步，居然走到了道观的大门之外，这两扇朱红漆的大门，不消说是紧闭在那里的。到了此地，我却不想再破门进去了，因为这大门是朝南向着大江开的，门外头是一条一丈来宽的石砌步道，步道的一旁是道观的墙，一旁便是山坡，靠山坡的一面，并且还有一道二尺来高的石墙筑在那里，大约是代替栏杆，防人倾跌下山去的用意，石墙之上，铺的是二三尺宽的青石，在这似石栏又似石凳的墙上，尽可以坐卧游息，饱看桐江和对岸的风景，就是在这里坐它一晚，也很可以，我又何必去打开门来,惊起那些老道的恶梦呢?

空旷的天空里,流涨着的只是些灰白的云,云层缺处,原也看得出半角的天,和一点两点的星,但看起来最饶风趣的,却仍是欲藏还露,将见仍无的那半规月影。这时候江面上似乎起了风,云脚的迁移,更来得迅速了,而低头向江心一看,几多散乱着的船里的灯光,也忽明忽灭地变换了一变换位置。

这道观大门外的景色,真神奇极了。我当十几年前,在放浪的游程里,曾向瓜州京口一带,消磨过不少的时日,那时觉得果然名不虚传的,确是甘露寺外的江山,而现在到了桐庐,昏夜上这桐君山来一看,又觉得这江山的秀而且静,风景的整而不散,却非那天下第一江山的北固山所可与比拟的了。真也难怪得严子陵,难怪得戴征士,倘使我若能在这样的地方结屋读书,以养天年,那还要什么的高宫厚禄,还要什么的浮名虚誉哩?一个人在这桐君观前的石凳上,看看山,看看水,看看城中的灯火和天上的星云,更做做浩无边际的无聊的幻梦,我竟忘记了时刻,忘记了自身,直等到隔江的击柝声传来,向西一看,忽而觉得城中的灯影微茫地减了,才跑也似地走下了山来,渡江奔回了客舍。

第二日侵晨,觉得昨天在桐君观前做过的残梦正还没有续完的时候,窗外面忽而传来了一阵吹角的声音。好梦虽被打破,但因这同吹觱篥似的商音哀咽,却很含着些荒凉的古意,并且晓风残月,杨柳岸边,也正好候船待发,上严陵去;所以心里虽怀着了些儿怨恨,但脸上却只现出了一痕微笑,起来梳洗更衣,叫茶房去雇船去。雇好了一只双桨的渔舟,买就了些酒菜鱼米,就在旅馆前面的码头上上了船。轻轻向江心摇出去的时候,东方的云幕中间,已现出了几丝红韵,有八点多钟了,舟师急得厉害,只在埋怨旅馆的茶房,为什么昨晚不预先告诉,好早一点出发。因为此去就是七里滩头,无风七里,有风七十里,上钓台去玩一趟回来,路程虽则有限,但这几日风雨无常,说不定要走夜路,才回来得了的。

过了桐庐,江心狭窄,浅滩果然多起来了。路上遇着的来往的行舟,数目也是很少,因为早晨吹的角,就是往建德去的快班船的信号,快班船一开,来往于两埠之间的船就不十分多了。两岸全是青青的山,中间是一条清浅的水,有时候过一个沙洲,洲上的桃花菜花,还有许多不晓得名字的白色的花,正在喧闹着春暮,吸引着蜂蝶。我在船头上一口一口的喝着严东关的药酒,指东话西地问着船家,这是什么山?那是什么港?惊叹了半天,称颂了半天,人也觉得倦了,不晓得什么时候,身子却走上了一家水边的酒楼,在和数年不见的几位已经做了党官的朋友高谈阔论。谈论之余,还背诵了一首两三年前曾在同一的情形之下做成的歪诗:

不是尊前爱惜身,
伴狂难免假成真,

曾因酒醉鞭名马，
生怕情多累美人。
劫数东南天作孽，
鸡鸣风雨海扬尘，
悲歌痛哭终何补，
义士纷纷说帝秦。

直到盛筵将散，我酒也不想再喝了，和几位朋友闹得心里各自难堪，连对旁边坐着的两位陪酒的名花都不愿意开口。正在这上下不得的苦闷关头，船家却大声的叫了起来说：

"先生，罗芷过了，钓台就在前面，你醒醒罢，好上山去烧饭吃去。"

擦擦眼睛，整了一整衣服，抬起头来一看，四面的水光山色又忽而变了样子了。清清的一条浅水，比前又窄了几分，四围的山包得格外的紧了，仿佛是前无去路的样子。并且山容峻削，看左觉得格外的瘦格外的高。向天上地下四围看去，只寂寂的看不见一个人类。双桨的摇响，到此似乎也不敢放肆了，钓的一声过后，要好半天才来一个幽幽的回响，静，静，静，身边水上，山下岩头，只沉浸着太古的静，死灭的静，山峡里连飞鸟的影子也看不见半只。前面的所谓钓台山上，只看得见两个大石垒，一间歪斜的亭子，许多纵横芜杂的草木。山腰里的那座祠堂，也只露着些废垣残瓦，屋上面连炊烟都没有一丝半缕,象是好久好久没有人住了的样子。并且天气又来得阴森,早晨曾经露一露脸过的太阳,这时候早已深藏在云堆里了,余下来的只是时有时无从侧面吹来的阴飕飕的半箭儿山风。船靠了山脚,跟着前面背着酒菜鱼米的船夫走上严先生祠堂去的时候,我心里真有点害怕,怕在这荒山里要遇见一个干枯苍老得同丝瓜筋似的严先生的鬼魂。

在祠堂西院的客厅里坐定,和严先生的不知第几代的裔孙谈了几句关于年岁水旱的话后,我的心跳也渐渐儿的镇静下去了,嘱托了他以煮饭烧菜的杂务,我和船家就从断碑乱石中间爬上了钓台。

东西两石垒,高各有二三百尺,离江面约两里来远,东西台相去,只有一二百步,但其间却夹着一条深谷。立在东台,可以看得出罗芷的人家,回头展望来路,风景似乎散漫一点,而一上谢氏的西台,向西望去,则幽谷里的清景,却绝对的不象是在人间了。我虽则没有到过瑞士,但到了西台,朝西一看,立时就想起了曾在照片上看见过的威廉退儿的祠堂。这四山的幽静,这江水的青蓝,简直同在画片上的珂罗版色彩,一色也没有两样,所不同的,就是在这儿的变化更多一点,周围的环境更芜杂不整齐一点而已,但这却是好处,这正是足以代表东方民族性的颓废荒凉的美。

从钓台下来,回到严先生的祠堂——记得这是洪杨以后严州知府戴槃重建的祠堂——西院里饱啖了一顿酒肉,我觉得有点酩酊微醉了。手拿着以火柴柄制成的牙签，走到东面供着严先生神像的龛前，向四面的破壁上一看，翠墨淋漓，题在那里的，竟多是些俗而不雅的过路高官的手笔。最后到了南面的一块白墙头上，在离屋檐不远的一角高处，却看到了我们的一位新近去世的同乡夏灵峰先生的四句似邵尧夫而又略带感慨的诗句。夏灵峰先生虽则只知崇古，不善处今，但是五十年来，象他那样的顽固自尊的亡清遗老，也的确是没有第二个人。比较起现在的那些官迷财迷的南满尚书和东洋宦婢来，他的经术言行，姑且不必去论它，就是以骨头来称称，我想也要比什么罗三郎郑太郎辈，重到好几百倍。慕贤的心一动，醺人的臭技自然是难熬了，堆起了几张桌椅，借得了一支破笔，我也在高墙上在夏灵峰先生的脚后放上了一个陈屁，就是在船舱的梦里，也曾微吟过的那一首歪诗。

从墙头上跳将下来，又向龛前天井去走了一圈，觉得酒后的喉咙，有点渴痒了，所以就又走回到了西院，静坐着喝了两碗清茶。在这四大无声，只听见我自己的啾啾喝水的舌音冲击到那座破院的败壁上去的寂静中间，同惊雷似的一响，院后的竹园里却忽而飞出了一声闲长而又有节奏似的鸡啼的声来。同时在门外面歇着的船家，也走进了院门，高声的对我说：

"先生，我们回去罢，已经是吃点心的时候了，你不听见那只公鸡在后山啼么？我们回去罢！"

1932年8月在上海写

杭 州

杭州的出名,一大半是为了西湖。而人工的建设,都会的形成,初则是由于唐末五代,武肃王钱镠(西历十世纪初期)的割据东南,——"隋朝特创立此郡城,仅三十六里九十步;后武肃钱王,发民丁与十三寨军卒,增筑罗城,周围七十里许。……"(吴自牧《梦粱录》卷七)——再则是由于南宋建炎三年(一一二九),高宗的临安驻跸,奠定国都。至若唐白乐天与宋苏东坡的筑堤导水,原也有功于杭郡人民,可是仅仅一位醉酒吟诗携妓的郡守的力量,无论如何,也是不能和帝王匹敌的。

据说,杭州的杭字,是因"禹末年,巡会稽至此,舍航登陆,乃名杭,始见于文字"。(柴虎臣著《杭州沿革大事考》)因之,我们可以猜想,禹以前,杭州总还是一个泽国。而这一个四千余年前的泽国,后来为越为吴,也为吴越的战场,为东汉的浙江,为三国吴的富春,为晋的吴郡,为隋唐的杭州,两为偏安国都,迭为省治,现在并且成了东南五省交通的孔道,歌舞喧天,别庄满地,简直又要恢复南宋当时的首都旧观了。

我的来住杭州，本不是想上西湖来寻梦，更不是想弯强弩来射潮；不过妻杭人也，雅擅杭音，父祖富春产也，歌哭于斯，叶落归根，人穷返里，故乡鱼米较廉，借债亦易，——今年可不敢说，——屋租尤其便宜，铩羽归来，正好在此地偷安苟活，坐以待亡。搬来住后，岁月匆匆，一眨眼间，也已经住了一年有半了。朋友中间晓得我的杭州住址者，于春秋佳日，旅游西湖之余，往往肯命高轩来枉顾。我也因独处穷乡，孤寂得可怜，我朋自远方来，自然喜欢和他们谈谈旧事，说说杭州。这么一来，不几何时，大家似乎已经把我看成了杭州的管钥，山水的东家，《中学生》杂志编者的特地写信来要我写点关于杭州的文章，大约原因总也在于此。

关于杭州一般的兴废沿革，有《浙江通志》，《杭州府志》，《仁钱县志》诸大部的书在；关于杭州的掌故，湖山的史迹等等，也早有了光绪年间钱塘丁申、丁丙两氏编刻的《武林掌故丛编》，《西湖集览》，与新旧《西湖志》，《湖山便览》以及诸大书局大文豪的西湖游记或西湖游览指南诸书，可作参考；所以在这里，对这些，我不想再来饶舌，以虚费纸面和读者的光阴。第一，我觉得还值得一写，而对于读者，或者也不至于全然没趣的，是杭州人的性格；所以，我打算先从"杭州人"讲起。

第一个杭州人，究竟是那里来的？这杭州人种的起源问题，怕同先有鸡蛋呢还是先有鸡一样，就是叫达尔文从阴司里复活转来,也很不容易解决。好在这些并非是我们的主题,故而假定当杭州这一块陆土出水不久,就有些野蛮的,好渔猎的人来住了,这些蛮人,我们就姑且当他们是杭州人的祖宗。吴越国人,一向是好战,坚忍,刻苦,猜忌,而富于巧智的。自从用了美人计,征服了姑苏以来,兵事上虽则占了胜利,但民俗上却吃了大亏;喜斗,坚忍,刻苦之风,渐渐地消灭了。倒是猜忌,使计诸官能,逐步发达了起来。其后经楚威王,秦始皇,汉高帝等的挞伐,杭州人就永远处入了被征服者的地位,隶属在北方人的胯下。三国纷纷,孙家父子崛起,国号曰吴,杭州人总算又吐了一口气,这一口气,隐忍过隋唐两世,至钱武肃王而吐尽;不久南宋迁都,固有的杭州人的骨里,混入了汴京都的人士的文弱血球,于是现在的杭州人的性格,就此决定了。

意志的薄弱,议论的纷纭;外强中干,喜撑场面;小事机警,大事糊涂;以文雅自夸,以清高自命;只解欢娱,不知振作等等,就是现在的杭州人的特性;这些,虽然是中国一般人的通病,但是看来看去,我总觉得以杭州人为尤甚。所以由外乡人说来,每以为杭州人是最狡猾的人,狡猾得比上海滩上的滑头还要厉害。但其实呢,杭州人只晓得占一点眼前的小利小名,暗中在吃大亏,可是不顾到的。等到大亏吃了。杭州人还要自以为是,自命为直,无以名之,名之曰"杭铁头"以自慰自欺。生性本是勤而且俭的杭州人,反以为勤俭是倒霉的事情，是贫困的暴露，是与面子有关的，所以父母教子弟的第一个原则，就是教他们游惰过日，摆大少爷的架子。等空壳大少爷的架子学成，父母年老，财产荡尽的时候，这些大少爷们在白天，还要上西湖去逛逛，弄件把长衫来穿穿，饿着肚皮而高使着牙签；到了晚上上黑暗的地方去跪着讨饭，或者扒点东西，倒满不在乎，因为在黑暗里人家看不见，与面子还是无关，而大少爷的架子却不可不摆。至于做匪做强盗呢，却不会，决不会，杭州人并不是没有这个胆量，但杀头的时候要反绑着手去游街示众。与面子有关；最勇敢的杭州人，亦不过做做小窃而已。

唯其是如此，所以现在的杭州人，就永远是保有着被征服的资格的人；风雅倒很风雅，浅薄的知识也未始没有，小名小利，一着也不肯放松，最厉害的尤其是一张嘴巴。外来的征服者，征服了杭州人后，过不上三代，就也成了杭州人了，于是剃头者人亦剃其头，几十年后，仍复要被新的征服者来征服。照例类推，一年一年的下去。现在残存在杭州的固有杭州者百姓，计算起来，怕已经不上十个指头了。

人家说这是因为杭州的山水太秀丽了的缘故。西湖就象是一位"二八佳人体似酥"的狐狸精，所以杭州决出不出好子弟来。这话哩，当然也含有着几分真理。可是日本的山水，秀丽处远在杭州之上；瑞士我不晓得，意大利的风景画片我们总也时常看见的罢，何以外国人都可以不受着地理的限制，独有杭州人会陷入这一个绝境去的呢？想来想去，我想总还是教育的不好。杭州的家庭教育，社会教育，学校教育，总非要彻底的改革一下不可。

其次是该讲杭州的风俗了；岁时习俗，显露在外表的年中行事，大致是与江南各省相通的；不过在杭州象婚丧喜庆等事，更加要铺张一点而已。关于这一方面，同治年间有一位钱塘的范月桥氏，曾做过一册《杭俗遗风》，写得比较详细，不过现在的杭州风俗，细看起来，还是同南宋吴自牧在《梦粱录》里所说的差仿不多，因为杭州人根本还是由那个时候传下来，在那个时候改组过的人。都会文化的影响，实在真大不过。

一年四季，杭州人所忙的，除了生死两件大事之外，差不多全是为了空的仪式；就是婚丧生死，一大半也重在仪式。丧事人家可以出钱去雇人来哭。喜事人家也有专门说好话的人雇在那里借讨采头。祭天地，祀祖宗，拜鬼神，等等，无非是为了一个架子；甚至于四时的游逛，都列在仪式之内，到了时候，若不去一定的地方走一遭，仿佛是犯了什么大罪，生怕被人家看不起似的。所以明朝的高濂，做了一部《四时幽赏录》，把杭州人在四季中所应做的闲事，详细列叙了出来。现在我只教把这四时幽赏的简目，略抄一下，大家就可以晓得吴自牧所说的"临安风俗，四时奢侈，赏观殆无虚日"的话的不错了。

一、春时幽赏：孤山月下看梅花，八卦田看菜花，虎跑泉试新茶，西溪楼啖煨笋，保俶塔看晓山，苏堤看桃花，等等。

二、夏时幽赏：苏堤看新绿，三生石谈月，飞来洞避暑，湖心亭采莼，等等。

三、秋时幽赏：满家巷赏桂花，胜果寺望月，水乐洞雨后听泉，六和塔夜玩风潮，等等。

四、冬时幽赏：三茅山顶望江天雪霁，西溪道中玩雪，雪后镇海楼观晚炊，除夕登吴山看松盆，等等。

将杭州人的坏处，约略在上面说了之后，我却终觉不得不对杭州的山水，再来一两句简单的批评。西湖的山水，若当盆景来看，好处也未始没有，就是在它的比盆景稍大一点的地方。若要在西湖近处看山的话，那你非要上留下向西向南再走二三十里路不行。从余杭的小和山走到了午潮山顶，你向四面一看，就有点可以看出浙西山脉的大势来了。天晴的时候，西北你能够看得见天目，南面脚下的横流一线，东下海门，就是钱塘江的出口，龛赭二山，小得来象天文镜里的游星。若嫌时间太费，脚力不继的话，那至少你也该坐车下江干，过范村，上五云山头去看看隔岸的越山，与钱塘江上游的不断的峰峦。况且五云山足，西下是云栖，竹木清幽；地方实在还可以。从五云山向北若沿郎当岭而下天竺，在岭脊你就可以看到西岭下梅家坞的别有天地，与东岭下西湖全面的镜样的湖光。

若要再近一点，来玩西湖，我觉得南山终胜于北山，凤凰山胜果寺的荒凉远大,比起灵隐,葛岭来,终觉回味要浓厚一点。

还有北面秦亭山法华山下的西溪一带呢,如花坞秋雪庵,茭芦庵等处,散疏雅逸之致,原是有的,可是不懂得南画,不懂得王维、韦应物的诗意的人,即使去看了,也是毫无所得的。

离西湖十余里,在拱宸桥的东首,地当杭州的东北,也有一簇山脉汇聚在那里。俗称"半山"的皋亭山,不过因近城市而最出名,讲到景致,则断不及稍东的黄鹤峰,与偏北的超山。况且超山下的居民,以植果木为业,旧历二月初,正月底边的大明堂外(吴仓硕的坟旁)的梅花,真是一个奇观,俗称"香雪海"的这个名字,觉得一点儿也不错。

此外还有关于杭州的饮食起居的话,我不是做西湖旅行指南的人,在此地只好不说了。

1934年3月

故都的秋

秋天，无论在什么地方的秋天，总是好的；可是啊，北国的秋，却特别地来得清，来得静，来得悲凉。我的不远千里，要从杭州赶上青岛，更要从青岛赶上北平来的理由，也不过想饱尝一尝这"秋"，这故都的秋味。

江南，秋当然也是有的；但草木凋得慢，空气来得润，天的颜色显得淡，并且又时常多雨而少风；一个人夹在苏州上海杭州，或厦门香港广州的市民中间，浑浑沌沌地过去，只能感到一点点清凉，秋的味，秋的色，秋的意境与姿态，总看不饱，尝不透，赏玩不到十足。秋并不是名花，也并不是美酒，那一种半开，半醉的状态，在领略秋的过程上，是不合适的。

不逢北国之秋，已将近十余年了。在南方每年到了秋天，总要想起陶然亭的芦花，钓鱼台的柳影，西山的虫唱，玉泉的夜月，潭柘寺的钟声。在北平即使不出门去罢，就是在皇城人海之中，租人家一椽破屋来住着，早晨起来，泡一碗浓茶，向院子一坐，你也能看得到很高很高的碧绿的天色，听得到青天下驯鸽的飞声。从槐树叶底，朝东细数着一丝一丝漏下来的日光，或在破壁腰中，静对着象喇叭似的牵牛花（朝荣）的蓝朵，自然而然地也能够感觉到十分的秋意。说到了牵牛花，我以为以蓝色或白色者为佳，紫黑色次之，淡红者最下。最好，还要在牵牛花底，教长着几根疏疏落落的尖细且长的秋草，使作陪衬。

北国的槐树，也是一种能使人联想起秋来的点缀。象花而又不是花的那一种落蕊，早晨起来，会铺得满地。脚踏上去，声音也没有，气味也没有，只能感出一点点极微细极柔软的触觉。扫街的在树影下一阵扫后，灰土上留下来的一条条扫帚的丝纹，看起来既觉得细腻，又觉得清闲，潜意识下并且还觉得有点儿落寞，古人所说的梧桐一叶而天下知秋的遥想，大约也就在这些深沉的地方。

秋蝉的衰弱的残声，更是北国的特产；因为北平处处全长着树，屋子又低，所以无论在什么地方，都听得见它们的啼唱。在南方是非要上郊外或山上去才听得到的。这秋蝉的嘶叫，在北平可和蟋蟀耗子一样，简直象是家家户户都养在家里的家虫。

还有秋雨哩，北方的秋雨，也似乎比南方的下得奇，下得有味，下得更象样。

在灰沉沉的天底下，忽而来一阵凉风，便息列索落的下起雨来了。一层雨过，云渐渐地卷向了西去，天又青了，太阳又露出脸来了，着着很厚的青布单衣或夹袄的都市闲人，咬着烟管，在雨后的斜桥影里，上桥头树底去一立，遇见熟人，便会用了缓慢悠闲的声调，微叹着互答着的说：

"唉，天可真凉了——"（这了字念得很高，拖得很长。）

"可不是么？一层秋雨一层凉啦！"

北方人念阵字，总老象是层字，平平仄仄起来，这念错的歧韵，倒来得正好。

北方的果树，到秋来，也是一种奇景。第一是枣子树；屋角，墙头，茅房边上，灶房门口，它都会一株株的长大起来。象橄榄又象鸽蛋似的这枣子颗儿，在小椭圆形的细叶中间，显出淡绿微黄的颜色的时候，正是秋的全盛时期；等枣树叶落，枣子红完，西北风就要起来了，北方便是尘沙灰土的世界，只有这枣子，柿子，葡萄，成熟到八九分的七八月之交，是；比国的清秋的佳日，是一年之中最好也没有的Golden Days。

有些批评家说，中国的文人学士，尤其是诗人，都带着很浓厚的颓废色彩，所以中国的诗文里，颂赞秋的文字特别的多。但外国的诗人，又何尝不然？我虽则外国诗文念得不多，也不想开出帐来，做一篇秋的诗歌散文钞，但你若去一翻英德法意等诗人的集子，或各国的诗文的Anthology来，总能够看到许多关于秋的歌颂与悲啼。各著名的大诗人的长篇田园诗或四季诗里，也总以关于秋的部分，写得最出色而最有味。足见有感觉的动物，有情趣的人类，对于秋，总是一样的能特别引起深沉，幽远，严厉，萧索的感触来的。不单是诗人，就是被关闭在牢狱里的囚犯,到了秋天,我想也一定会感到一种不能自已的深情;秋之于人,何尝有国别,更何尝有人种阶级的区别呢?不过在中国,文字里有一个"秋士"的成语,读本里又有着很普遍的欧阳子的《秋声》与苏东坡的《赤壁赋》等,就觉得中国的文人,与秋的关系特别深了。可是这秋的深味,尤其是中国的秋的深味,非要在北方,才感受得到底。

南国之秋,当然是也有它的特异的地方的,譬如廿四桥的明月,钱塘江的秋潮,普陀山的凉雾,荔枝湾的残荷等等,可是色彩不浓,回味不永。比起北国的秋来,正象是黄酒之与白干,稀饭之与馍馍,鲈鱼之与大蟹,黄犬之与骆驼。

秋天,这北国的秋天,若留得住的话,我愿意把寿命的三分之二折去,换得一个三分之一的零头。

1934年8月,在北平

花　坞

"花坞"这一个名字,大约是到过杭州,或在杭州住上几年的人,没有一个不晓得的,尤其是游西溪的人,平常总要一到花坞。二三十年前,汽车不通,公路未筑,要去游一次,真不容易;所以明明知道这花坞的幽深清绝,但脚力不健,非好游如好色的诗人,不大会去。现在可不同了,从湖滨向北向西的坐汽车去,不消半个钟头,就能到花坞口外。而花坞的住民,每到了春秋佳日的放假日期,也会成群结队,在花坞口的那座凉亭里鹄候,预备来做一个临时导游的脚色,好轻轻快快地赚取游客的两毛小洋;现在的花坞,可真成了第二云栖,或第三九溪十八涧了。

花坞的好处,是在它的三面环山,一谷直下的地理位置,石人坞不及它的深,龙归坞没有它的秀。而竹木萧疏,清溪蜿绕,庵堂错落,尼媪翩翩,更是花坞独有的迷人风韵。将人来比花坞,就象浔阳商妇,老抱琵琶;将花来比花坞,更象碧桃开谢,未死春心;将菜来比花坞,只好说冬菇烧豆腐,汤清而味隽了。

我的第一次去花坞,是在松木场放马山背后养病的时候,记得是一天日和风定的清秋的下午,坐了黄包车,过古荡,过东岳,看了伴风居,访过风木庵(是钱唐丁氏的别业),感到了口渴,就问车夫,这附近可有清静的乞茶之处?他就把我拉到了花坞的中间。

伴风居虽则结构堂皇,可是里面却也坍败得可以;至于杨家牌楼附近的风木庵哩,丁氏的手迹尚新,茅庵的木架也在,但不晓怎么,一走进去,就感到了一种扑人的霉灰冷气。当时大厅上停在那里的两口丁氏的棺材,想是这一种冷气的发源之处,但泥墙倾圮,蛛网绕梁,与壁上挂在那里的字画屏条一对比,极自然地令人生出了"俯仰之间,已成陈迹"的感想。因为刚刚在看了这两处衰落的别墅之后,所以一到花坞,就觉得清新安逸,象世外桃源的样子了。

自北高峰后,向北直下的这一条坞里,没有洋楼,也没有伟大的建筑,而从竹叶杂树中间透露出来的屋檐半角,女墙一围,看将过去却又显得异常的整洁,异常的清丽。英文字典里有Cottage的这一个名字;而形容这些茅屋田庄的安闲小洁的字眼,又有着许多象Tiny, Dainty, Snug的绝妙佳词,我虽则还没有到过英国的乡间,但到了花坞,看了这些小庵却不能自已地便想起了这种只在小说里读过的英文字母。我手指着那些在林间散点着的小小的茅庵,回头来就问车夫:"我们可能进去?"车夫说:"自然是可以的。"于是就在一曲溪旁,走上了山路高一段的地方,到了静掩在那里的,双黑板的墙门之外。

车夫使劲敲了几下，庵里的木鱼声停了，接着门里头就有一位女人的声音，问外面谁在敲门。车夫说明了来意，铁门闩一响，半边的门开了，出来迎接我们的，却是一位白发盈头，皱纹很少的老婆婆。

庵里面的洁净，一间一间小房间的布置的清华，以及庭前屋后树木的参差掩映，和厅上佛座下经卷的纵横，你若看了之后，仍不起皈依弃世之心的，我敢断定你就是没有感觉的木石。

那位带发修行的老比丘尼去为我们烧茶煮水的中间，我远远听见了几声从谷底传来的鹊噪的声音；大约天时向暮，乌鹊来归巢了，谷里的静，反因这几声的急噪，而加深了一层。

我们静坐着，喝干了两壶极清极醇的茶后，该回去了，迟疑了一会，我就拿出了一张纸币，当作茶钱，那一位老比丘尼却笑起来了，并且婉慢地说：

"先生！这可以不必；我们是清修的庵，茶水是不用钱买的。"

推让了半天，她不得已就将这一元纸币交给了车夫，说：

"这给你做个外快罢！"

这老尼的风度，和这一次逛花坞的情趣，我在十余年后的现在，还在津津地感到回味。所以前一礼拜的星期日，和新来杭州住的几位朋友遇见之后，他们问我"上那里去玩？"我就立时提出了花坞,他们是有一乘自备汽车的,经松木场,过古荡东岳而去花坞,只须二十分钟,就可以到。

十余年来的变革,到花坞里也留下了痕迹。竹木的清幽,小溪的静妙,虽则还同太古时一样,但房屋加多了,地价当然也增高了几百倍;而最令人感到不快的,却是这花坞的住民的变作了狡猾的商人。庵里的尼媪,和退院的老僧,也不象从前的恬淡了,建筑物和器具之类,并且处处还受着了欧洲的下劣趣味的恶化。

同去的几位,因为没有见到十余年前花坞的处女时期,所以仍旧感觉得非常满意,以为九溪十八涧,云栖决没有这样的清幽深邃;但在我的内心,却想起了一位素朴天真,沉静幽娴的少女,忽被有钱有势的人奸了以后又被弃的状态。

1935年3月24日

扬州旧梦寄语堂

语堂兄：

> 乱掷黄金买阿娇，
> 穷来吴市再吹箫，
> 箫声远渡江淮去，
> 吹到扬州廿四桥。

这是我在六七年前——记得是1928年的秋后，写那篇《感伤的行旅》时瞎唱出来的歪诗；那时候的计划，本想从上海出发，先在苏州下车，然后去无锡，游太湖，过常州，达镇江，渡瓜步，再上扬州去的。但一则因为苏州在戒严，再则因在太湖边上受了一点虚惊，故而中途变计，当离无锡的那一天晚上，就直到了扬州城里。旅途不带诗韵，所以这一首打油诗的韵脚，是姜白石的那一首"小红唱曲我吹箫"的老调，系凭着了车窗，看看斜阳衰草，残柳芦苇，哼出来的莫名其妙的山歌。

我去扬州，这时候还是第一次；梦想着扬州的两字，在声调上，在历史的意义上，真是如何地艳丽，如何地够使人魂销而魄荡！

竹西歌吹，应是玉树后庭花的遗音；萤苑迷楼，当更是临春结绮等沉檀香阁的进一步的建筑。此外的锦帆十里，殿脚三千，后土祠琼花万朵，玉钩斜青冢双行，计算起来，扬州的古迹，名区，以及山水佳丽的地方，总要有三年零六个月才逛得遍。唐宋文人的倾倒于扬州，想来一定是有一种特别见解的；小杜的"青山隐隐水迢迢"，与"十年一觉扬州梦"，还不过是略带感伤的诗句而已，至如"君王忍把平陈业，只换雷塘数亩田"，"人生只合扬州死，禅智山光好墓田"，那简直是说扬州可以使你的国亡，可以使你的身死，而也决无后悔的样子了，这还了得！

在我梦想中的扬州，实在太有诗意，太富于六朝的金粉气了，所以那一次从无锡上车之后，就是到了我所最爱的北固山下，亦没有心思停留半刻，便匆匆的渡过了江去。

长江北岸，是有一条公共汽车路筑在那里的；一落渡船就可以向北直驶，直达到扬州南门的福运门边。再过一条城河，便进扬州城了，就是一千四五百年以来，为我们历代的诗人骚客所赞叹不置的扬州城，也就是你家黛玉的爸爸，在此撒下了孤儿升天成佛去的扬州城！

但我在到扬州的一路上，所见的风景，都平坦萧杀，没有一点令人可以留恋的地方，因而想起了晁无咎的《赴广陵道中》的诗句：

> 醉卧符离太守亭，
> 别都弦管记曾称，
> 淮山杨柳春千里，
> 尚有多情忆小胜。（小胜，劝酒女鬟也。）
> 急鼓冬冬下泗州，
> 却瞻金塔在中流，
> 帆开朝日初生处，
> 船转春山欲尽头。
> 杨柳青青欲哺乌，
> 一春风雨暗隋渠，
> 落帆未觉扬州远，
> 已喜淮阴见白鱼。

才晓得他自安徽北部下泗州，经符离（现在的宿县）由水道而去的，所以得见到许多景致，至少至少，也可以看到两岸的垂杨和江中的浮屠鱼类。而我去的一路呢，却只见了些道路树的洋槐，和秋收已过的沙田万顷，别的风趣，简直没有。连绿杨城郭是扬州的本地风光，就是自隋朝以来的堤柳，也看见得很少。

到了福运门外，一见了那一座新修的城楼，以及写在那洋灰壁上的三个福运门的红字，更觉得兴趣索然了；在这一种城门之内的亭台园囿，或楚馆秦楼，那里会有诗意呢？

进了城去，果然只见到了些狭窄的街道，和低矮的市廛，在一家新开的绿杨大旅社里住定之后，我的扬州好梦，已经醒了一半了。入睡之前，我原也去逛了一下街市，但是灯烛辉煌，歌喉宛转的太平景象，竟一点儿也没有。"扬州的好处，或者是在风景，明天去逛瘦西湖，平山堂，大约总特别的会使我满足，今天且好好儿的睡它一晚，先养养我的脚力罢！"这是我自己替自己解闷的想头，一半也是真心诚意，想驱逐驱逐宿娼的邪念的一道符咒。

第二天一早起来，先坐了黄包车出天宁门去游平山堂。天宁门外的天宁寺，天宁寺后的重宁寺，建筑的确伟大，庙貌也十分的壮丽；可是不知为了什么，寺里不见一个和尚，极好的黄松材料，都断的断，拆的拆了，象许久不经修理的样了。时间正是暮秋，那一天的天气又是阴天，我身到了这大伽蓝里，四面不见人影，仰头向御碑佛像以及屋顶一看，满身出了一身冷汗，毛发都倒竖起来了，这一种阴戚戚的冷气，教我用什么文字来形容呢？

回想起二百年前，高宗南幸，自天宁门至蜀冈，七八里路，尽用白石铺成，上面雕栏曲槛，有一道象颐和园昆明湖上似的长廊甬道，直达至平山堂下，黄旗紫盖，翠辇金轮，妃嫔成队，侍从如云的盛况，和现在的这一条黄沙曲路，只见衰草牛羊的萧条野景来一比，实在是差得太远了。当然颓井废垣，也有一种令人发思古之幽情的美感，所以鲍明远会作出那篇《芜城赋》来；但我去的时候的扬州北郭，实在太荒凉了，荒凉得连感慨都教人抒发不出。

到了平山堂东面的功得山观音寺里，吃了一碗清茶，和寺僧谈起这些景象，才晓得这几年来，兵去则匪至，匪去则兵来，住的都是城外的寺院。寺的坍败，原是应该，和尚的逃散，也是不得已的。就是蜀冈的一带，三峰十余个名刹，现在有人住的，只剩了这一个观音寺了，这正中峰有平山堂在的法净寺里，此刻也没有了住持的人。

平山堂一带的建筑，点缀，园圃，都还留着有一个旧日的轮廓；象平远楼的三层高阁，依然还在，可是门窗却没有了；西园的池水以及第五泉的泉路，都还看得出来，但水却干涸了，从前的树木，花草，假山，迭石，并其他的精舍亭园，现在只剩了许多痕迹，有的简直连遗址都无寻处。

我在平山堂上，已瞻仰了一番欧阳公的石刻像后，只能屁也不放一个，悄悄的又回到了城里。午后想坐船了，去逛的是瘦西湖小金山五亭桥的一角。

在这一角清淡的小天地里，我却看到了扬州的好处。因为地近城区，所以荒废也并不十分厉害；小金山这面的临水之处，并且还有一位军阀的别墅（徐园）建筑在那里，结构尚新，大约总还是近年来的新筑。从这一块地方，看向五亭桥法海塔去的一面风景,真是典丽裔皇,完全象北平中南海的气象。至于近旁的寺院之类,却又因为年久失修,谈不上了。

瘦西湖的好处,全在水树的交映,与游程的曲折;秋柳影下,打红蓼青萍,散浮在水面,扁舟擦过,还听得见水草的鸣声,似在暗泣。而几个弯儿一绕,水面阔了,猛然间闯入眼来的,就是那一座有五个整齐金碧的亭子排立着的白石平桥,比金鳌玉𬂩,虽则短些,可是东方建筑的古典趣味,却完全荟萃在这一座桥,这五个亭上。

还有船娘的姿势,也很优美;用以撑船的,是一根竹竿,使劲一撑,竹竿一弯,同时身体靠上去着力,臀部腰部的曲线,和竹竿的线条.配合得异常匀称,异常复杂。若当暮雨潇潇的春日,雇一个容颜姣好的船娘,携酒与茶,来瘦西湖上回游半日,倒也是一种赏心的乐事。

船回到了天宁门外的码头,我对那位船娘,却也有点儿依依难舍的神情,所以就出了一个题目,要她在岸上再陪我一程。我问她:"这近边还有好玩的地方没有?"她说:"还有天宁寺、平山堂。"我说:"都已经去过了。"她说:"还有史公祠。"于是就由她带路,抄过了天宁门,向东的走到了梅花岭下。瓦屋数间,荒坟一座,有的人还说坟里面葬着的只是史阁部的衣冠,看也原没有什么好看;但是一部《廿四史》掉尾的这一位大忠臣的战绩,是读过《明史》的人,无不为之泪下的;况且经过《桃花扇》作者的一描,更觉得史公的忠肝义胆，活跃在纸上了；我在祠墓的中间立着想着；穿来穿去的走着；竟耽搁了那一位船娘不少的时间。本来是阴沉短促的晚秋天，到此竟垂垂欲暮了，更向东踏上了梅花岭的斜坡，我的唱山歌的老病又发作了，就顺口唱出了这么的二十八字：

> 三百年末来一丘，
> 史公遗爱满扬州，
> 二分明月千行泪，
> 并作梅花岭下秋。

写到这里，本来是可以搁笔了，以一首诗起，更以一首诗终，岂不很合鸳鸯蝴蝶的体裁么？但我还想加上一个总结，以醒醒你的骑鹤上扬州的迷梦。

总之，自大业初开邗沟入江渠以来，这扬州一郡，就成了中国南北交通的要道，自唐历宋，直到清朝，商业集中于此，冠盖也云屯在这里。既有了有产及有势的阶级，则依附这阶级而生存的奴隶阶级，自然也不得不产生。贫民的儿女，就被他们强迫作婢妾，于是乎就有了杜牧之的青楼薄幸之名，所谓"春风十里扬州路"者，盖指此。有了有钱的老爷，和美貌的名娼，则饮食起居（园亭），衣饰犬马，名歌艳曲，才士雅人（帮闲食客），自然不得不随之而俱兴，所以要腰缠十万贯，才能逛扬州者，以此。但是铁路开后，扬州就一落千丈，萧条到了极点。从前的运使，河督之类，现在也已经驻上了别处；殷实商户，巨富乡绅，自然也分迁到了上海或天津等洋大人的保护之区，故而目下的扬州只剩了一个历史上剥制的虚壳，内容便什么也没有了。

扬州之美，美在各种的名字，如绿杨村，廿四桥，杏花村舍，邗上农桑，尺五楼，一粟庵等；可是你若辛辛苦苦，寻到了这些最风雅也没有的名称的地方，也许只有一条断石，或半间泥房，或者简直连一条断石，半间泥房都没有的。张陶庵有一册书，叫作《西湖梦寻》，是说往日的西湖如何可爱，现在却不对了；可是你若到扬州去寻梦，那恐怕要比现在的西湖还更不如。

你既不敢游杭，我劝你也不必游扬，还是在上海梦里想象想象欧阳公的平山堂，王阮亭的红桥，《桃花扇》里的史阁部，《红楼梦》里的林如海，以及盐商的别墅，乡宦的妖姬，倒来得好些。枕上的卢生，若长不醒，岂非快事。一遇现实，那里还有Dichtung呢！

> 1935年5月

西溪的晴雨

西北风未起，蟹山不曾肥，我原晓得芦花总还没有白，前两星期，源宁来看了西湖，说他倒觉得有点失望，因为湖光山色，太整齐，太小巧，不够味儿，他开来的一张节目上，原有西溪的一项；恰巧第二天又下了微雨，秋原和我就主张微雨里下西溪，好教源宁去尝一尝这西湖近旁的野趣。

天色是阴阴漠漠的一层，湿风吹来，有点儿冷，也有点儿香，香的是野草花的气息。车过方井旁边，自然又下车来，去看了一下那座天主圣教修士们的古墓。从墓门望进去，只是黑沉沉，冷冰冰的一个大洞，什么也看不见，鼻子里却闻吸到了一种霉灰的阴气。

把鼻子掀了两掀，耸了一耸肩膀，大家都说，可惜忘记带了电筒，但在下意识里，自然也有一种恐怖，不安，和畏缩的心意，在那里作恶，直到了花坞的溪旁，走进窗明几净的静莲庵（？）堂去坐下，喝了两碗清茶，这一些鬼胎，方才洗涤了个空空脱脱。

游西溪，本来是以松木场下船，带了酒盒行厨，慢慢儿地向西摇去为正宗。象我们那么高坐了汽车，飞鸣而过古荡，东岳，一个钟头要走百来里路的旅客，终于是难度的俗物，但是俗物也有俗益，你若坐在汽车座里，引颈而向西向北一望，直到湖州，只见一派空明，遥盖在淡绿成荫的斜平海上；这中间不见水，不见山，当然也不见人，只是渺渺茫茫，青青绿绿，远无岸，近亦无田园村落的一个大斜坡，过秦亭山后，一直到留下为止的那一条沿山大道上的景色，好处就在这里，尤其是当微雨朦胧，江南草长的春或秋的半中间。

从留下下船，回环曲折，一路向西向北，只在芦花浅水里打圈圈，圆桥茅舍，桑树蓼花，是本地的风光，还不足道；最古怪的，是剩在背后的一带湖上的青山，不知不觉，忽而又会得移上你的面前来，和你点一点头，又匆匆的别了。

摇船的少女，也总好算是西溪的一景；一个站在船尾把摇橹，一个坐在船头上使桨，身体一伸一俯，一往一来，和橹声的咿呀，水波的起落，凑合成一大又圆又曲的进行软调；游人到此，自然会想起瘦西湖边，竹西歌吹的闲情，而源宁昨天在漪园月下老人祠里求得的那枝灵签，仿佛是完全的应了，签诗的晤文，是《鄘风桑中》章末后的三句，叫作"期我乎桑中，要我乎上宫，送我乎淇之上矣"。

此后便到了茭芦庵，上了弹指楼，因为是在雨里，带水拖泥，终于也感不到什么的大趣，但这一天向晚回来，在湖滨酒楼上放谈之下，源宁却一本正经地说："今天的西溪，却比昨日的西湖，要好三倍。"

前天星期假日，日暖风和，并且在报上也曾看到了芦花怒放的消息；午后日斜，老龙夫妇，又来约去西溪，去的时候，太晚了一点，所以只在秋雪庵的弹指楼上，消磨了半日之半。一片斜阳，反照在芦花浅渚的高头，花也并未怒放，树叶也不曾凋落，原不见秋，更不见雪，只是一味的晴明浩荡，飘飘然，浑浑然，洞贯了我们的肠腑，老僧无相，烧了面，泡了茶，更送来了酒，末后还拿出了纸和墨，我们看看日影下的北高峰，看看庵旁边的芦花荡，就问无相，花要几时才能全白？老僧操着缓慢的楚国口音，微笑着说："总要到阴历十月的中间；若有月亮，更为出色。"说后，还提出了一个交换的条件，要我们到那时候，再去一玩，他当预备些精馔相待，聊当作润笔，可是今天的字，却非写不可，老龙写了"一剑横飞破六合，万家憔悴哭三吴"的十四个字，我也附和着抄了一副不知在那里见过的联语："春梦有时来枕畔，夕阳依旧上帘钩。"

喝得酒醉醺醺，走下楼来，小河里起了晚烟，船中间满载了黑暗，龙妇又逸兴遄飞，不知上那里去摸出了一枝洞箫来吹着。"其声呜呜然，如怨如慕，如泣如诉，余音袅袅，不绝如缕"，倒真有点象是七月既望，和东坡在赤壁的夜游。

1935年10月22日

雨

周作人先生名其书斋曰苦雨,恰正与东坡的喜雨亭名相反。其实,北方的雨,却都可喜,因其难得之故。象今年那么的水灾,也并不是雨多的必然结果;我们应该责备治河的人,不事先预防,只晓得糊涂搪塞,虚縻同帑,一旦有事,就互相推诿,但救目前。人生万事,总得有个变换,方觉有趣;生之于死,喜之于悲,都是如此,推及天时,又何尝不然?无雨那能见晴之可爱,没有夜也将看不出昼之光明。

我生长江南,按理是应该不喜欢雨的;但春日暝蒙,花枝枯竭的时候,得几点微雨,又是一件多么可爱的事情!"小楼一夜听春雨","杏花春雨江南","天街细雨润如酥",从前的诗人,早就先我说过了。夏天的雨,可以杀暑,可以润禾,它的价值的大,更可以不必再说。而秋雨的霏微凄冷,又是别一种境地,昔人所谓"雨到深秋易作霖,萧萧难会此时心"的诗句,就在说秋雨的耐人寻味。至于秋女士的"秋雨秋风愁煞人"的一声长叹,乃别有怀抱者的托辞,人自愁耳,何关雨事。三冬的寒雨,爱的人恐怕不多。但"江关雁声来渺渺,灯昏官漏听沉沉"的妙处,若非身历其境者决领悟不到。记得曾宾谷曾以《诗品》中语名诗,叫作《赏雨茅屋斋涛集》。他的诗境如何,我不晓得,但"赏雨茅屋"这四个字,真是多么的有趣!尤其是到了冬初秋晚,正当"苍山寒气深,高林霜叶稀"的时节。

江南的冬景

凡在北国过过冬天的人，总都知道围炉煮茗，或吃涮羊肉，剥花生米，饮白干的滋味。而有地炉、暖炕等设备的人家，不管它门外面是雪深几尺，或风大若雷，而躲在屋里过活的两三个月的生活，却是一年之中最有劲的一段蛰居异境；老年人不必说，就是顶喜欢活动的小孩子们，总也是个个在怀恋的，因为当这中间，有的是萝卜、雅儿梨等水果的闲食，还有大年夜、正月初一、元宵等热闹的节期。

但在江南，可又不同，冬至过后，大江以南的树叶，也不至于脱尽。寒风——西北风——间或吹来，至多也不过冷了一日两日。到得灰云扫尽，落叶满街，晨霜白得象黑女脸上的脂粉似的清早，太阳一上屋檐，鸟雀便又在吱叫，泥地里便又放出水蒸气来，老翁小孩就又可以上门前的隙地里去坐着曝背谈天，营屋外的生涯了；这一种江南的冬景，岂不也可爱得很么？

我生长江南，儿时所受的江南冬日的印象，铭刻特深；虽则渐入中年，又爱上了晚秋，以为秋天正是读读书，写写字的人的最惠节季，但对于江南的冬景，总觉得是可以抵得过北方夏夜的一种特殊情调，说得摩登些，便是一种明朗的情调。

我也曾到过闽粤，在那里过冬天，和暖原极和暖，有时候到了阴历的年边，说不定还不得不拿出纱衫来着；走过野人的篱落，更还看得见许多杂七杂八的秋花！一番阵雨雷鸣过后，凉冷一点，至多也只好换上一件夹衣，在闽粤之间，皮袍棉袄是绝对用不着的；这一种极南的气候异状，并不是我所说的江南的冬景，只能叫它作南国的长春，是春或秋的延长。

江南的地质丰腴而润泽，所以含得住热气，养得住植物；因而长江一带，芦花可以到冬至而不败，红叶亦有时候会保持得三个月以上的生命。象钱塘江南岸的乌桕树，则红叶落后，还有雪白的桕子着在枝头，一点一丛，用照相机照将出来，可以乱梅花之真。草色顶多成了赭色，根边总带点绿意，非但野火烧不尽，就是寒风也吹不倒的。若遇到风和日暖的午后，你一个人肯上冬郊去走走，则青天碧落之下，你不但感不到岁时的肃杀，并且还可以饱觉着一种莫名其妙的含蓄在那里的生气；"若是冬天来了，春天也总马上会来"的诗人的名句，只有在江南的山野里，最容易体会得出。

说起了寒郊的散步，实在是江南的冬日，所给与江南居住者的一种特异的恩惠；在北方的冰天雪地里生长的人，是终他的一生，也决不会有享受这一种清福的机会的。我不知道德国的冬天，比起我们江浙来如何，但从许多作家的喜欢以Spaziergang一字来做他们的创作题目的一点看来，大约是德国南部地方，四季的变迁，总也和我们的江南差仿不多。譬如说19世纪的那位乡土诗人洛在格（Peter Rosegger 1843—1918）罢，他用这一个"散步"做题目的文章尤其写得多，而所写的情形，却又是大半可以拿到中国江浙的山区地方来适用的。

江南河港交流，且又地滨大海，湖沼特多，故空气里时含水分；到得冬天，不时也会下着微雨，而这微雨寒村里的冬霖景象，又是一种说不出的悠闲境界。你试想想，秋收过后，河流边三五家人家会聚在一道的一个小村子里，门对长桥，窗临远阜，这中间又多是树枝枝桠的杂木树林；在这一幅冬日农村的图上，再洒上一层细得同粉也似的白雨，加上一层淡得几不成墨的背景，你说还够不够悠闲？若再要点些景致进去，则门前可以泊一只乌篷小船，茅屋里可以添几个喧哗的酒客，天垂暮了，还可以加一味红黄，在茅屋窗中画上一圈暗示着灯光的月晕。人到了这一个境界，自然会得胸襟洒脱起来，终至于得失俱亡，死生不问了；我们总该还记得唐朝那位诗人做的"暮雨潇潇江上村"的一首绝句罢？诗人到此，连对绿林豪客都客气起来了，这不是江南冬景的迷人又是什么？

一提到雨，也就必然的要想到雪；"晚来天欲雪，能饮一杯无？"自然是江南日暮的雪景。"寒沙梅影路，微雪酒香村"，则雪月梅的冬宵三友，会合在一道，在调戏酒姑娘了。"柴门村犬吠，风雪夜归人"，是江南雪夜，更深人静后的景况。"前村深雪里，昨夜一枝开"，又到了第二天的早晨，和狗一样喜欢弄雪的村童来报告村景了。诗人的诗句，也许不尽是在江南所写，而做这几句诗的诗人，也许不尽是江南人，但假了这几句诗来描写江南的雪景，岂不直截了当，比我这一枝愚劣的笔所写的散文更美丽得多？

有几年，在江南也许会没有雨没有雪的过一个冬，到了春间阴历的正月底或二月初再冷一冷下一点春雪的；去年（一九三四）的冬天是如此，今年的冬天恐怕也不得不然，以节气推算起来，大约大冷的日子，降在一九三六年的二月尽头，最多也总不过是七八天的样子。象这样的冬天，乡下人叫作旱冬，对于麦的收成或者好些，但是人口却要受到损伤；旱得久了，白喉、流行性感冒等疾病自然容易上身，可是想恣意享受江南的冬景的人，在这一种冬天，倒只会得感到快活一点，因为晴和的日子多了，上郊外去闲步逍遥的机会自然也多；日本人叫作Hiking，德国人叫作Spaziergang狂者，所最欢迎的也就是这样的冬天。

窗外的天气晴朗得象晚秋一样；晴空的高爽，日光的洋溢，引诱得使你在房间里坐不住，空言不如实践，这一种无聊的杂文，我也不再想写下去了，还是拿起手杖，搁下纸笔，上湖上散散步罢！

1935年12月1日

北平的四季

对于一个已经化为异物的故人,追怀起来,总要先想到他或她的好处;随后再慢慢的想想,则觉得当时所感到的一切坏处,也会变作很可寻味的一些纪念,在回忆里开花。关于一个曾经住过的旧地,觉得此生再也不会第二次去长住了,身处入了远离的一角,向这方向的云天遥望一下,回想起来的,自然也同样地只是它的好处。

中国的大都会,我前半生住过的地方,原也不在少数;可是当一个人静下来回想起从前,上海的闹热,南京的辽阔,广州的乌烟瘴气,汉口武昌的杂乱无章,甚至于青岛的清幽,福州的秀丽,以及杭州的沉着,总归都还比不上北京——我住在那里的时候,当然还是北京——的典丽堂皇,幽闲清妙。

先说人的分子罢,在当时的北京——民国十一二年前后——上自军财阀政客名优起,中经学者名人,文士美女教育家,下而至于负贩拉车铺小摊的人,都可以谈谈,都有一艺之长,而无憎人之貌;就是由荐头店荐来的老妈子,除上炕者是当然以外,也总是衣冠楚楚,看起来不觉得会令人讨嫌。

其次说到北京物质的供给哩,又是山珍海错,洋广杂货,以及萝卜白菜等本地产品,无一不备,无一不好的地方。所以在北京住上两三年的人,每一遇到要走的时候,总只感到北京的空气太沉闷,灰沙太暗淡,生活太无变化;一鞭出走,出前门便觉胸舒,过芦沟方知天晓,仿佛一出都门,就上了新生活开始的坦道似的;但是一年半载,在北京以外的各地——除了在自己幼年的故乡以外——去一住,谁也会得重想起北京,再希望回去,隐隐地对北京害起剧烈的怀乡病来。这一种经验,原是住过北京的人,个个都有,而在我自己,却感觉得格外的浓,格外的切。最大的原因或许是为了我那长子之骨,现在也还埋在郊外广谊园的坟山,而几位极要好的知己,又是在那里同时毙命的受难者的一群。

北平的人事品物,原是无一不可爱的,就是大家觉得最要不得的北平的天候,和地理联合上一起,在我也觉得是中国各大都会中所寻不出几处来的好地。为叙述的便利起见,想分成四季来约略地说说。

北平自入旧历的十月之后,就是灰沙满地,寒风刺骨的节季了,所以北平的冬天,是一般人所最怕过的日子。但是要想认识一个地方的特异之处,我以为顶好是当这特异处表现得最圆满的时候去领略;故而夏天去热带,寒天去北极,是我一向所持的哲理。北平的冬天,冷虽则比南方要冷得多,但是北方生活的伟大幽闲,也只有在冬季,使人感受得最澈底。

先说房屋的防寒装置罢,北方的住屋,并不同南方的摩登都市一样，用的是钢骨水泥，冷热气管；一般的北方人家，总只是矮矮的一所四合房，四面是很厚的泥墙；上面花厅内部有一张暖炕，一所回廊；廊子上是一带明窗，窗眼里糊着薄纸，薄纸内又装上风门，另外就没有什么了。在这样简陋的房屋之内，你只教把炉子一生，电灯一点，棉门帘一挂上，在屋里住着，却一辈子总是暖炖炖象是春三四月里的样子。尤其会得使你感觉到屋内的温软堪恋的，是屋外窗外面乌乌在叫啸的西北风。天色老是灰沉沉的，路上面也老是灰的围障，而从风尘灰土中下车，一踏进屋里，就觉得一团春气，包围在你的左右四周，使你马上就忘记了屋外的一切寒冬的苦楚。若是喜欢吃吃酒，烧烧羊肉锅的人，那冬天的北方生活，就更加不能够割舍；酒已经是御寒的妙药了，再如上以大蒜与羊肉酱汕合煮的香味，简直可以使一室之内，涨满了白濛濛的水蒸温气。玻璃窗内，前半夜，会流下一条条的清汗，后半夜就变成了花色奇异的冰纹。

到了下雪的时候哩，景象当然又要一变。早晨从厚棉被里张开眼来，一室的清光，会使你的眼睛眩晕。在阳光照耀之下，雪也一粒一粒的放起光来了，蛰伏得很久的小鸟，在这时候会飞出来觅食振翎，谈天说地，吱吱的叫个不休。数门来的灰暗天空，愁云一扫，忽然变得澄清见底，翳障全无；于是年轻的北方住民，就可以营屋外的生活了，溜冰，做雪人，赶冰车雪车，就在这一种日子里最有劲儿。

我曾于这一种大雪时晴的傍晚,和几位朋友,跨上跛驴,出西直门上骆驼庄去过一夜。北平郊外的一片大雪地,无数枯树林,以及西山隐隐现现的不少白峰头,和时时吹来的几阵雪样的西北风,所给与人的印象,实在是深刻,伟大,神秘到了不可以言语来形容。直到了十余年后的现在,我一想起当时的情景,还会得打一个寒颤而吐一口清气,如同在钓鱼台溪旁立着的一瞬间一样。

北国的冬宵,更是一个特别适合于看书,写信,追思过去,与作闲谈说废话的绝妙时间。记得当时我们弟兄三人,都住在北京,每到了冬天的晚上,总不远千里地走拢来聚在一道,会谈少年时候在故乡所遇所见的事事物物。小孩们上床去了,佣人们也都去睡觉了,我们弟兄三个,还会得再加一次煤再加一次煤地长谈下去。有几宵因为屋外面风紧天寒之故,到了后半夜的一二点钟的时候,便不约而同地会说出索性坐坐到天亮的话来。象这一种可宝贵的记忆,象这一种最深沉的情调,本来也就是一生中不能够多享受几次的昙花佳境,可是若不是在北平的冬天的夜里,那趣味也一定不会得象如此的悠长。

总而言之,北平的冬季,是想赏识赏识北方异味者之唯一的机会;这一季里的好处,这一季里的琐事杂忆,若要详细地写起来,总也有一部《帝京景物略》那么大的书好做;我只记下了一点点自身的经历,就觉得过长了,下面只能再来略写一点春和夏以及秋季的感怀梦境,聊作我的对这日就沦亡的故国的哀歌。

春与秋,本来是在什么地方都属可爱的时节,但在北平,却与别地方也有点儿两样。北国的春,来得较迟,所以时间也比较得短。西北风停后,积雪渐渐地消了,赶牲口的车夫身上,看不见那件光板老羊皮的大袄的时候,你就得预备着游春的服饰与金钱;因为春来也无信,春去也无踪,眼睛一眨,在北平市内,春光就会得同飞马似的溜过。屋内的炉子,刚拆去不久,说不定你就马上得去叫盖凉棚的才行。

而北方春天的最值得记忆的痕迹,是城厢内外的那一层新绿,同洪水似的新绿。北京城,本来就是一个只见树木不见屋顶的绿色的都会,一踏出九城的门户,四面的黄土坡上,更是杂树丛生的森林地了;在日光里颤抖着的嫩绿的波浪,油光光,亮晶晶,若是神经系统不十分健全的人,骤然间身入到这一个淡绿色的海洋涛浪里去一看,包管你要张不开眼,立不住脚,而昏厥过去。

北平市内外的新绿,琼岛春阴,西山挹翠诸景里的新绿,真是一幅何等奇伟的外光派的妙画!但是这画的框子,或者简直说这画的画布,现在却已经完全掌握在一只满长着黑毛的巨魔的手里了!北望中原,究竟要到那一日才能够重见得到天日呢?

从地势纬度上讲来,北方的夏天,当然要比南方的夏天来得凉爽。在北平城里过夏,实在是并没有上北戴河或西山去避暑的必要。一天到晚，最热的时候，只有中午到午后三四点钟的几个钟头，晚上太阳一下山，总没有一处不是凉阴阴要穿单衫才能过去的；半夜以后，更是非盖薄棉被不可了。而北平的天然冰的便宜耐久，又是夏天住过北平的人所忘不了的一件恩惠。

我在北平，曾经过过三个夏天，象什刹海，菱角沟，二闸等暑天游耍的地方，当然是都到过的；但是在三伏的当中，不问是白天或是晚上，你只教有一张藤榻，搬到院子里的葡萄架下或藤花阴处去躺着，吃吃冰茶雪藕，听听盲人的鼓词与树上的蝉鸣，也可以一点儿也感不到炎热与薰蒸。而夏天最热的时候，在北平顶多总不过九十四五度，这一种大热的天气，全夏顶多顶多又不过十日的样子。

在北平，春夏秋的三季，是连成一片；一年之中，仿佛只有一段寒冷的时期，和一段比较温暖的时期相对立。由春到夏，是短短的一瞬间，自夏到秋，也只觉得是过了一次午睡，就有点儿凉冷起来了。因此，北方的秋季也特别的觉得长，而秋天的回味，也更觉得比别处来得浓厚。前两年，因去北戴河回来，我曾在北平过了一个秋，在那时候，已经写过一篇《故都的秋》，对这北平的秋季颂赞过一道了，所以在这里不想再来重复；可是北平近郊的秋色，实在也正象是一册百读不厌的奇书，使你愈翻愈会感到兴趣。

秋高气爽，风日晴和的早晨，你且骑着一匹驴子，上西山八大处或玉泉山碧云寺去走走看；山上的红柿，远处的烟树人家，郊野里的芦苇黍稷，以及在驴背上驮着生果进城来卖的农户佃家，包管你看一个月也不会看厌。春秋两季，本来是到处都好的，但是北方的秋空，看起来似乎更高一点，北方的空气，吸起来似乎更干燥健全一点。而那一种草木摇落，金风肃杀之感，在北方似乎也更觉得要严肃，凄凉，沉静得多。你若不信，你且去西山脚下，农民的家里或古寺的殿前，自阴历八月至十月下旬，去住它三个月看看。古人的"悲哉秋之为气"以及"胡笳互动，牧马悲鸣"的那一种哀感，在南方是不大感觉得到的，但在北平，尤其是在郊外，你真会得感至极而涕零，思千里兮命驾。所以我说，北平的秋，才是真正的秋；南方的秋天，不过是英国话里所说的Indian Summer或叫作小春天气而已。

统观北平的四季，每季每节，都有它的特别的好处；冬天是室内饮食奄息的时期，秋天是郊外走马调鹰的日子，春天好看新绿，夏天饱受清凉。至于各节各季，正当移换中的一段时间哩，又是别一种情趣，是一种两不相连，而又两都相合的中间风味，如雍和宫的打鬼，净业庵的放灯，丰台的看芍药，万牲园的寻梅花之类。

五六百年来文化所聚萃的北平，一年四季无一月不好的北平，我在遥忆，我也在深祝，祝她的平安进展，永久地为我们黄帝子孙所保有的旧都城！

1936年5月27日

第三辑
文场内外

我以为选择职业,第一要从事于生产的职业,使筋肉与脑子同时劳动,可以独立,不必求人的种类为最上,如自作农、机器师、土木工程师之类,下而至于编藤椅、敲石子的小工,也觉得比咬文嚼字、只说空话而无实际的写文作家,更可尊敬。

北国的微音

北国的寒宵,实在是沉闷得很,尤其是象我这样的不眠症者,更觉得春夜之长。似水的流年,过去真快,自从海船上别后,匆匆又换了年头。以岁月计算,虽则不过隔了五个足月,然而回想起来,我同你们在上海的历史,好象是隔世的生涯,去今已有几百年的样子。河畔冰开,江南草长,虫鱼鸟兽,各有阳春发动之心,而自称为动物中之灵长,自信为人类中的有思想者的我,依旧是奄奄待毙,没有方法消度今天,更没有雄心欢迎来日。几日前头,有一位日本的新闻记者,来访我的贫居。他问我:"为什么要消沉到这个地步?"我问他:"你何以不消沉,要从东城跑许多路特来访我?"他说:"是为了职务。"我又问他:"你的职务,是对谁的?"他说:"我的职务,是对国家,对社会的。"我说:"那么你就应该知道我的消沉也是对国家,对社会的。现在世上的国家是什么?社会是什么?尤其是我们中国?"他的来访的目的,本来是为问我对于日本对华文化事业的意见如何,中国将来的教育方针如何的,——他之所以来访者,一则因为我在某校里教书,二则因为我在日本住过十多年,或者对于某种事项,略有心得的缘故——后来听了我这一段诡辩,他也把职务丢开,谈了许多无关紧要的闲话走了。他走之后,我一个人衔了纸烟想想,觉得人类社会的许多事情,毕竟是庸人的自扰。什么国富兵强,什么和平共荣,都是一班野兽,于饱食之余,在暖梦里织出来的回文锦字。象我这样的生性,在我这样的境遇下的闲人,更有什么可想,什么可做呢?写到这里我又想起T君批评我的话来了,他说:"某书的作者,嘲世骂俗,却落得一个牢骚派的美名。"实在我想T君的话,一点儿也不错。人若把我们的那些浅薄无聊的"徒然草",合在一处,加上一个牢骚派的名目,思欲抹杀而厌鄙之,倒反便宜了我们。因为我们的那些东西,本来是同身上的积垢,口中的吐气一样,不期然而然的发生表现出来的,那里配称作牢骚,更那里配称作"派"呢?我读到《歧路》,沫若,觉得你对于自家的艺术的虎视——这虎视两字,我也不知道妥当不妥当!或者用怀疑两字比较确切吧——也和我一样。不错不错,我这封信,是从友人宴会席上回来,读了《歧路》之后,拿起笔来写的。我写这一封信的动机,原是想和你们谈谈我对于《歧路》的感想的呀!

沫若!我觉得人生一切都是虚幻,真真实在的,只有你说的"凄切的孤单",倒是我们人类从生到死味觉得到的唯一的一道实味。就是京沪报章上,为了金钱或者想建筑自家的名誉的缘故,在那里含了敌意,做文章攻击你的人,我仔细替他们一想,觉得他们也在感着这凄切的孤独。唯其感到孤独,所以他们只好做些文章来卖一点金钱，或者竟牺牲了你来博一点小小的名誉；毕竟他们还是人，还是我们的同类，这"孤单"的感觉，终究是逃不了的，所以他们的文章里最含恶意，攻击你最甚的处所，便是他们的孤独感表现得最切的地方。名利的争夺，欲牺牲他人而建立自己的恶心，——简单点说，就说生存竞争吧——依我看来，都是由这"孤单"的感觉催发出来的。人生的实际，既不外乎这"孤单"的感觉，那么表现人生的艺术，当然也不外乎此，因此我近来对于艺术的意见和评价，都和从前不同了。我觉得艺术并没有十分可以推崇的地方，她和人生的一切，也没有什么特异有区别的地方。努力于艺术，献身于艺术，也不须有特别的表现。牢牢捉住了这"孤单"的感觉，细细地玩味，由他写成诗歌小说也好，制成音乐美术品也好，或者竟不写在纸上，不画在布上壁上，不雕在白石上，不奏在乐器上，什么也不表现出来，只教他能够细细的玩味这"孤单"的感觉，便是绝好最美的"创造"。

仿吾！这一段无聊的废话，你看对不对？我在写这封信之先，刚从一位朋友处的宴会回来，席上遇见了许多在日本和你同科的自然科学家。他们都已经成了富者，现在是资本家了。我夹在这些衣狐裘者的老同学中间，当然觉得十分的孤独；然而看看他们挟了皮箧，奔走不宁的行动，好象他们也有些在觉得人生的孤寂的样子。我前边不是说过了么？唯其感到孤寂，所以要席不遑暖的去追求名利。然而究竟我不是他们，所以我这主观的推测，也许是错了的。

　　我现在因为抱有这一种感想，所以什么东西也写不下来，什么东西也不愿意拿来阅读。有时候要想玩味这"凄切的孤单"，在日斜的午后，老跑出城外去独步。这里城外多是黄沙的田野，有几处也有清溪断壁，绝似日本郊外未开辟之先的代代木新宿等处。不过这里一堆一堆的黄土小冢，和有钱的人家的白杨松树的坟茔很多，感视少微与日本不同一点。今晚在宴会的席上，在许多鸿儒谈笑的中间，我胸中的感觉，同在这样的白杨衰草的坟地里漫步时一样。不过有一点我觉得比从前进步了；从前我和境遇比我美满的朋友——实际上除你们几个人之外，那一个境遇比我不美满——相处，老要起一种感伤，有时竟会滴下泪来。现在非但眼泪不会滴下来，并且也能如他们一样的举起箸来取菜，提起杯来喝酒。不过从前的那一种喜欢谈话的冲动，现在没有了。他们入座，我也就坐，他们吃菜，我也吃菜。劝我喝酒，我就喝，干杯就干杯。席散了，我就回来。雇车雇不着，就慢慢的在黄昏的街道上走。同席者的汽车马车，从我身边过去的时候，他们从车中和我点头，我也回点一头。他们不点头，我也让他们的车子过去，横竖是在后头跟走几步，他们的车子就可以老远的上我前头去的，所以无避入叉路上去的必要。还有一点和从前不同的地方，就是我默默的坐在那里，他们来要求我猜拳的时候，我总笑笑，摇摇头，举起杯来喝一杯酒，教他们去要求坐在我下面的一个人猜。近来喝酒也喝不大醉,醉了也不过默默的走回家来坐坐,吸吸烟,起点茶喝喝。

今晚的宴会,散得很早,我回家来吸吸烟喝喝茶,觉得还睡不着,所以又拿出了周报的《歧路》来看。沫若!大卫生的诗,实在是做得不坏,不过你的几行诗,我也很喜欢念。你的小孩的那个两脚没有的洋囝,我说还是包包好,寄到日本去吧!回头他们去买一个新的时候,怕又要破费几角钱哩。

昨天一个朋友来说他读到《歧路》,真的眼泪出了。我劝他小心些,这句话不要说出来教人家听见,恐怕有人要说他的眼泪不值钱。他说近来他也感染了一种感伤病,不晓怎么的感情好象回返到小孩子时代去。说到这里他忽而眼圈又红了起来叫了我一声说:"达夫!我……我可惜没有钱……"我也对他呆看了半响,后来他一句话也不说,立起身来就走,我也默默的送他出门去了。(这样的朋友,上我这里来的很多。他们近来知道了我的脾气,来的时候,艺术也不谈了,我的几篇无聊的作品和周报季刊的事情也不提起了。有几次我们真有主客两人相对,默默而过半点钟的时候。象这样的Pause的中间,我觉得我的精神上最感得满足。因为有客人在前头,我一时可以不被那一种独坐时常想出来的无聊的空虚思想所侵蚀,而一边这来客又不在言语,我的听取对话和预备回答的那些麻烦注意可以省去。)不过,沫若!我说你那一篇《歧路》写得很可惜,你若不写出来,你至少可以在那一种浓厚的孤独感里浸润好几天。现在写出了之后,我怕你的那一种"凄切的孤单"之感,要减少了吧?

仿吾!我说你还是保守着独身主义,不要想结婚的好!恐怕尔若结了婚,一时要失掉你的这孤独之感。而这孤独之感,依我说来,这便是艺术的酵素,或者竟可以说是艺术的本身。所以你若结了婚,怕一时要与艺术违离。讲到这里我怕你要反问我:"那么你们呢?你和沫若呢?"是的,我和沫若是一时与艺术离异过的,不过现在我们已经恢复了原来的孤独罢了……

嗳!嗳!不知不觉,已经写到午前三点钟了。

仿吾!沫若!要想写的话,是写不完的,我迟早还是弄几个车钱到上海来一次吧!大约我在北京打算只住到六月,暑假以后,我怎么也要设法回浙江去实行我的乡居的凤愿。若在最近的时期中弄不到车钱,不能够到上海来,那么我们等六月里再见吧!

1924年3月7日午前3时

给一位文学青年的公开状

今天的风沙实在太大了，中午吃饭之后，我因为还要去教书，所以没有许多工夫和你谈天。我坐在车上，一路的向北走去，沙石飞进了我的眼睛。一直到午后四点钟止，我的眼睛四周的红圈，还没有褪尽。恐怕同学们见了要笑我，所以于上课堂之先，我从高窗口在日光大风里把一双眼睛曝晒了许多时。我今天上你那公寓里来看了你那一副样子，觉得什么话也说不出来。现在我想趁着这大家已经睡寂了的几点钟工夫，把我要说的话，写一点在纸上。

平素不认识的可怜的朋友，或是写信来，或是亲自上我这里来的，很多很多。我因为想报答两位也是我素不认识而对于我却有十二分的同情过的朋友的厚恩起见，总尽我的力量帮助他们。可是我的力量太薄弱了，可怜的朋友太多了，所以结果近来弄得我自家连一条棉袴也没有。这几天来天气变得很冷，我苦想买一件外套，但终于没有买成。尤其是使我羞恼的，因为恰逢此刻，我和同学们所读的书里，正有一篇俄国郭哥儿著的嘲弄象我们一类人的小说《外套》。现在我的经济状态，比从前并没有什么宽裕，从数目上讲起来，反而比从前要少——

因为现在我不能向家里去要钱花,每月的教书钱,额面上虽则有五十三加六十四合一百十七块,但实际上拿得到的只有三十三四块——而我的嗜好日深,每月光是烟酒的帐,也要开销二十多块。我曾经立过几次对天的深誓,想把这一笔靡费戒省下来,但愈是没有钱的时候,愈想喝酒吸烟。向你讲这一番苦话,并不是因为怕你要来问我借钱,而先事预防,我不过欲以我的身体来做一个证据,证明目下的中国社会的不合理,以大学校毕业的资格来糊口的你那种见解的错误罢了。

引诱你到北京来的,是一个国立大学毕业的头衔,你告诉我说你的心里,总想在国立大学弄到毕业,毕业以后至少生计问题总可以解决。现在学校都已考完,你一个国立大学也进不去,接济你的资金的人,又因他自家的地位摇动,无钱寄你,你去投奔你同县而且带有亲属的大慈善家H,H又不纳,穷极无路,只好写封信给一个和你素不相识而你也明明知道是和你一样穷的我,在这时候这样的状态之下,你还要口口声声的说什么大学教育,"念书",我真佩服你的坚忍不拔的雄心。不过佩服虽可佩服,但是你的思想的简单愚直,也却是一样的可惊可异。现在你已经是变成了中性——半去势的文人了,有许多事情,譬如说高尚一点的,去当土匪,卑微一点的,去拉洋车等事情,你已经是干不了的了,难道你还嫌不足,还要想穿几年长袍,做几篇白话诗,短篇小说,达到你的全去势的目的么?大学毕业,以后就可以有饭吃,你这一种定理,是那一本书上翻来的？

象你这样一个白脸长身,一无依靠的文学青年,即使将面包和泪吃,勤勤恳恳的在大学窗下住它五六年,难道你拿毕业文凭的那一天,天上就忽而会下起珍珠白米的雨来的么？

现在不要说中国全国,就是在北京的一区里头,你且去站在十字街头,看见穿长袍黑马褂或哔叽旧洋服的人,你且试对他们行一个礼,问他们一个人要一个名片来看看,我恐怕你不上半天,就可以积起一大堆的什么学士,什么博士来,你若再行一个礼,问一问他们的职业,我恐怕他们都要红红脸说,"兄弟是在这里找事情的"。他们是什么？他们都是大学毕业生吓,你能和他一样的有钱读书么？你能和他们一样的有钱买长袍黑马褂哔叽洋服么？即使你也和他们一样的有了读书买衣服的钱,你能保得住你毕业的时候,事情会来找你么？

大学毕业生坐汽车,吸大烟,一攫千金的人原是有的。然而他们都是为新上台的大老经手减价卖职的人,都是有大刀枪杆在后面援助的人,都是有几个什么长在他们父兄身上的人,再粗一点说,他们至少也真是爬乌龟钻狗洞的人,你要有他们那么的后援,或他们那么的乌龟本领,狗本领,那么你就是大学不毕业,何尝不可以吃饭？

我说了这半天,不过想把你的求学读书,大学毕业的迷梦打破而已。现在为你计,最上的上策,是去找一点事情干干。然而土匪你是当不了的,洋车你也拉不了的,报馆的校对,图书馆的拿书者，家庭教师，看护男，门房，旅馆火车菜馆的伙计，因为没有人可以介绍，你也是当不了的——我当然是没有能力替你介绍——所以最上的上策，于你是不成功的了。其次你就去革命去罢，去制造炸弹去罢！但是革命是不是同割枯草一样，用了你那裁纸的小刀，就可以革得成的呢？炸弹是不是可以用了你头发上的灰垢和半年不换的袜底里的污泥来调合的呢？这些事情，你去问上帝去罢！我也不知道。

比较上可以做得到，并且也不失为中策的，我看还是弄几个旅费，回到湖南你的故土，去找出四五年你不曾见过的老母和你的小妹妹来，第一天相持对哭一天，第二天因为哭了伤心，可以在床上你的草窠里睡去一天，既可以休养，又可以省几粒米下来熬稀粥，第三天以后，你和你的母亲妹妹，若没有衣服穿，不妨三人紧紧的挤在一处，以体热互助的结果，同冬天雪夜的群羊一样，倒可以使你的老母不至冻伤，若没有米吃，你在日中天暖一点的时候，不妨把年老的母亲交付给你妹妹的身体烘着，你自己可以上村前村后去掘一点草根树根来煮汤吃。草根树根里也有淀粉，我的祖母未死的时候，常把洪杨乱日，她老人家尝过的这滋味说给我听，我所以知道。现在我既没有余钱可以赠你，就把这秘方相传，作个我们两位穷汉，在京华尘土里相遇的纪念罢！若说草根树根，也被你们的督军省长师长议员知事掘完，你无论走往何处再也找不出一块一截来的时候，那么你且咽着自家的口水，同唱戏似的把北京的豪富人家的蔬菜，有色有香的说给你的老母亲小妹妹听听，至少在未死前的一刻半刻钟中间，你们三个昏乱的脑子里，总可以大事铺张的享乐一回。

但是我听你说，你的故乡连年兵燹，房屋田产都已毁尽，老母弱妹，也不知是生是死，五年来音信不通，并且现在回湖南的火车不开，就是有路费也回去不得，何况没有路费呢！

上策不行，次之中策也不行，现在我为你实在是没有什么法子好想了。不得已我就把两个下策来对你讲罢！

第一，现在听说天桥又在招兵，并且听说取得极宽，上自五十岁的老人起，下至十六七岁的少年止，一律都收，你若应募之后，马上开赴前敌，打死在租界以外的中国地界，虽然不能说是为国效忠，也可以算得是为招你的那个同胞效了命，岂不是比饿死冻死在你那公寓的斗室里好得多么？况且万一不开往前敌，或虽开往前敌而不打死的时候，只教你能保持你现在的这种纯洁的精神，只教你能有如现在想进大学读书一样的精神来宣传你的理想，难深你所属的一师一旅，不为你所感化。这是下策的第一个。

第二，这才是真真的下策了！你现在不是只愁没有地方住没有地方吃饭而又苦于没有勇气自杀么？你的没有能力做土匪，没有能力拉洋车，是我今天早层在你公寓里第一眼看见你的时候，已经晓得的。但是有一件事情，我想你还能胜任的，要干的时候一定是干得到的。这是什么事情呢？啊啊，我真不愿意说出来——我并不是怕人家对我提起诉讼，说我在嗾使你做贼，啊呀，不愿意说倒说出来了，做贼，做贼，不错，我所说的这件事情，就是叫你去偷窃呀！

无论什么人的无论什么东西，只教你偷得着，尽管偷罢！偷到了，不被发觉，那么就可以把这你偷自他，他抢自第三人的，在现在的社会里称为赃物，在将来进步了的社会里，当然是要分归你有的东西，拿到当铺——我虽然不能为你介绍职业，但是象这样的当铺，却可以为你介绍几家——里去换钱用。万一发觉了呢？也没有什么。第一你坐坐监牢，房钱总可以不付了。第二监狱里的饭，虽然没有今天中午我请你的那家馆子里的那么好，但是饭钱可以不付的。第三或者什么什么司令，以军法从事，把你枭首示众的时候，那么你的无勇气的自杀，总算是他来代你执行了，也是你的一件快心的事情，因为这样的活在世上，实在是没有什么意思。

我写到这里，觉得没有话再可以和你说了，最后我且来告诉你一种实习的方法罢！

你若要实行上举的第二下策，最好是从亲近的熟人方面做起。譬如你那位同乡的亲戚老H家里，你可以先云试一试看。因为他的那些堆积在那里的财富，不过是方法手段不同罢了，实际上也是和你一样的偷来抢来的。你若再慑于他的慈和的笑里的尖刀，不敢去向他先试，那么不妨上我这里来作个破题儿试试。我晚上卧房的门常是不关，进出很便。不过有一件缺点，就是我这里没有什么值钱的物事。但是我有几本旧书，却很可以卖几个钱。你若来时，最好是预先通知我一下，我好多服一剂催眠药，早些睡下，因为近来身体不好，晚上老要失眠，伯与你的行动不便，还有一句话——你若来时，心肠应该要练得硬一点，不要因为是我的书的原因，致使你没有偷成，就放声大哭起来——

1924年11月13日午前2时

怀四十岁的志摩

眼睛一眨,志摩去世,已经交五年了;在上海那一天阴晦的早晨的凶报,福煦路上遗宅里的仓皇颠倒的情形,以及其后灵柩的迎来,吊奠的开始,尸骨的争夺,和无理解的葬事的经营等情状,都还在我的目前,仿佛是今天早晨或昨天的事情。志摩落葬之后,我因为不愿意和那一位商人的老先生见面,一直到现在,还没有去墓前倾一杯酒,献一朵花;但推想起来,墓木纵不可拱,总也已经宿草盈阡了罢?志摩有灵,当能谅我这故意的疏懒!

综志摩的一生,除他在海外的几年不算外,自从中学入学起直到他的死后为止,我是他的命运的热烈的同情旁观者;当他死的时候,和许多朋友夹在一道,曾经含泪写过一篇极简略的短文,现在时间已经经过了五年,回想起来,觉得对他的余情还有许多郁蓄在我的胸中。仅仅一个空泛的友人,对他尚且如此,生前和他有更深的交谊的许多女友,伤感的程度自然可以不必说了,志摩真是一个淘气,讨爱,能使你永久不能忘怀的顽皮孩子!

称他作孩子,或者有人会说我卖老,其实我也不过是他的同年生，生日也许比他还后几日，不过他所给我的却是一个永也不会老去的新鲜活泼的孩儿的印象。

志摩生前，最为人所误解，而实际也许是催他速死酌最大原因之一的一重性格，是他的那股不顾一切，带有激烈的燃烧性的热情。这热情一经激发，便不管天高地厚，人死我亡，势非至于将全宇宙都烧成赤地不可。发而为诗，就成就了他的五光十色，灿烂迷人的七宝楼台，使他的名字永留在中国的新诗史上。以之处世，毛病就出来了，他的对人对物的一身热恋，就使他失欢于父母，得罪于社会，甚而至于还不得不遗诟于死后。他和小曼的一段浓情，在他的诗里，日记里，书简里，随处都可以看得出来，若在进步的社会里，有理解的社会里，这一种事情，岂不是千古的美谈？忠厚柔艳如小曼，热烈诚挚若志摩，遇合在一道，自然要发放火花，烧成一片了，那里还顾得到纲常伦教？更那里还顾得到宗法家风？当这事情正在北京的交际社会里成话柄的时候，我就佩服志摩的纯真与小曼的勇敢，到了无以复加。记得有一次在来今雨轩吃饭的席上，曾有人问起我对这事的意见，我就学了《三剑客》影片里的一句话回答他："假使我马上要死的话，在我死的前头，我就只想做一篇伟大的史诗，来颂美志摩和小曼。"

情热的人，当然是不能取悦于社会，周旋于家室，更或至于不善用这热情的；志摩在死的前几年的那一种穷状，那一种变迁，其罪不在小曼，不在小曼以外的他的许多男女友人，当然更不在志摩自身；实在是我们的社会，尤其是那一种借名教作商品的商人根性，因不理解他的缘故，终至于活生生的逼死了他。

志摩的死，原觉得可惜得很；人生的三四十前后——他死的时候是36岁——正是壮盛到绝顶的黄金时代。他若不死，到现在为止，五六年间，大约我们又可以多读到许多诗样的散文，诗样的小说，以及那一部未了的他的杰作——《诗人的一生》；可是一面，正因他的突然的死去，倒使这一部未完的杰作，更加多了深厚的回味之处却也是真的。所以在他去世的当时，就有人说，志摩死得恰好，因为诗人和美人一样，老了就不值钱了。况且他的这一种死法，又和罢伦，奢来的死法一样，确是最适合他身份的死。若把这话拿来作自慰之辞，原也有几分真理含着，我却终觉得不是如此的；志摩原可以活下去，那一件事故的发生，虽说是偶然的结果，但我们若一追究他的所以不得不遭逢这惨事的原因，那我在前面说过的一句话，"是无理解的社会逼死了他"，就成立了。我们所处的社会，真是一个如何狭量，险恶，无情的社会！不是身处其境，身受其毒的人，是无从知道的。

过去的事情，已经过去了；我们在志摩的死后，再来替他打抱不平，也是徒劳的事情。所以这次当志摩四十岁的诞辰，我想最好还是做一点实际的工作来纪念他，较为适当；小曼已经有编纂他的全集的意思了，这原是纪念志摩的办法之一，此外象志摩文学奖金的设定，和他有关的公共机关里纪念碑胸像的建立，志摩图书馆的发起，以及志摩传记的编撰，等等，也是都可以由我们后死的友人，来做的工作。可恨的是时势的混乱，当这一个国难的关头，要来提倡尊重诗人，是违背事理的；更可恨的是世情的浇薄，现在有些活着的友人，一旦钻营得了大位，尚且要排挤诋毁，诬陷压迫我们这些无权无势的文人，对于死者那更加可以不必说了。"侬今葬花人笑痴，他年葬侬知是谁？"悼吊志摩，或者也就是变相的自悼罢！

光慈的晚年

记得是1925年的春天,我在上海才第一次和光赤相见。在以前也许是看见他过了,但他给我的印象一定不深,所以终于想不起来。那时候他刚从俄国回来,穿得一身很好的洋服,说得一口抑扬很清晰的普通话,身材高大,相貌也并不恶,戴在那里的一副细边近视眼镜,却使他那一种绅士的态度,发挥得更有神气。当时我们所谈的,都是些关于苏俄作家的作品,以及苏俄的文化设施等事情。因为创造社出版部,也正在草创经营的开始,所以我们很想多拉几位新的朋友进来,来加添一点力量。

光赤的态度谈吐,大约是受了西欧的文学家的影响的,说起话来,总有绝大的抱负,不逊的语气;而当时的他,却还没有写成过一篇正式的东西;因此,创造社出版部的几位新进作家,在那时候着实有些鄙视他的倾向。正在这个时候,广州中山大学,以厚重的薪金和诚恳的礼貌,来聘我们去文科教书了。

临行的时候,我们本来有邀他同去的意思的,但一则因为广州的情形不明,二则因为要和我们一道去的人数过多,所以只留了一个后约,我们便和他在上海分了手。

到了革命中心地的广州,前后约莫住了一年有半,上海的创造社出版部竟被弄得一塌糊涂了,于是在广州的几位同人,就公决教我牺牲了个人的地位和利益,重回到上海来整理出版部的事务。那时候的中山大学校长,是现在正在提倡念经礼佛的戴季陶先生,我因为要辞去中山大学的职务,曾和戴校长及朱副校长骝先,费去了不少的唇舌,这些事情和光赤无关,所以此地可以不说;总之1927年后,我就到了上海了,自那一年后,就同光赤有了日夕见面的机会。

那时候的创造社出版部,是在闸北三德里的一间两开间的房子里面,光赤也住杠在边的租界里,有时候他常来吃饭,有时候我也常和他出去吃咖啡。出版部里的许多新进作家,对他的态度,还是同前两年一样,而光赤的一册涛集和一册《少年飘泊者》,却已在亚东出版了。在1927年的前后,革命文学普罗文学,还没有现在那么的流行,因而光赤的作风,人为一般人所不满。他出了那两册书后,文坛上竟一点儿影响也没有,和我谈起,他老是满肚皮的不平。我于一方面安慰激励他外,一方面便促他用尽苦心,写几篇有力量的小说出来,以证他自己的实力,不久之后,他就在我编的《创造月刊》第一期上发表了《鸭绿江上》,这一篇可以说是他后期的诸作品的先驱。

革命军到上海之后,国共分家,思想起了热烈的冲突,从实际革命工作里被放逐出来的一班左倾青年,都转向文化运动的一方面来了；在1928，1929以后，普罗文学就执了中国文坛的牛耳，光赤的读者崇拜者，也在这两年里突然增加了起来。

在1927年里我替他介绍给北新的一册诗集《战鼓》，一直挨到了1929年方才出版；同时他的那部《冲出云围的月亮》，在出版的当年，就重版到了六次。

正在这一个热闹的时候，左翼文坛里却发生了一种极不幸的内哄，就是文坛Hegemony的争夺战争。光赤领导了一班不满意于创造社并鲁迅的青年，另树了一帜，组成了太阳社的团体，在和创造社与鲁迅争斗理论。我既与创造社脱离了关系，也就不再做什么文章了，因此和光赤他们便也无形中失去了见面谈心的良会。

在这当中，白色恐怖弥漫了全国，甚至于光赤的这个名字，都觉得有点危险，所以他把名字改了，改成了光慈。蒋光慈的小说，接连又出了五六种之多，销路的迅速，依旧和1929年末期一样，其后我虽则不大有和他见面的机会，但在旅行中，在乡村里所听到的关于他的消息，也着实不少。我听见说，他上日本去旅行了；我听见说，他和吴似鸿女士结婚了；我听见说，他的小说译成俄文了。听到了这许许多多的好消息后，我正在为故人欣喜，欣喜他的文学的成功，但不幸在1931年的春天，忽而又在上海的街头，遇着了清瘦得不堪，说话时老在喘着气的他。

他告诉我说，近来病得很厉害，几本好销的书，又被政府禁止了，弄得生活都很艰难。他又说，近来对于一切，都感到了失望，觉得做人真没趣得很。我们在一家北四川路的咖啡馆里，坐着谈着，竟谈尽了一个下午。因为他说及了生活的艰难，所以我就为他介绍了中华书局的翻译工作。当时中华书局正通过了一个建议。仿英国Bohn's Library例想将世界各国的标准文学作品，无论已译未译的，都请靠得住的译者，直接从原文来编译一道。

从这一回见面之后，我因为常在江浙内地里闲居，不大在上海住落，而他的病，似乎也一直缠绵不断地绕住了他，所以一别经年，以后终究没有再和他谈一次的日子了。

在这一年的夏秋之交，我偶从杭州经过，听说他在西湖广化寺养病，但当我听到了这消息之后，马上向广化寺去寻他，则寺里的人，都说他没有来过，大家也不晓得他是住在那一个寺里的。入秋之后，我不知又在那一处乡下住了一个月的光景，回到上海不久，在一天秋雨潇潇的晚上，有人来说，蒋光慈已经去世了。

吴似鸿女士，我从前是不大认识的，后来听到了光慈的讣告，很想去看她一回，致几句唁辞；可是依那传信的人说来，则女士当光慈病革之前，已和他发生了意见，临终时是不在他的病床之侧的。直到九一八事变发生之后，在总商会演宣传反帝抗日的话剧的时候，我才遇到了吴女士。当时因为人多不便谈话，所以只匆匆说了几句处置光慈所藏的遗书（俄文书籍）

的事情之外，另外也没有深谈。其后在田汉先生处，屡次和吴女士相见，我才从吴女士的口里，听到了些光慈晚年的性癖。

据吴女士谈，光慈的为人，却和他的思想相反，是很守旧的。他的理想中的女性，是一个具有良妻贤母的资格，能料理家务，终日不出，日日夜夜可以在闺房里伴他著书的女性。"这，"吴女士说，"这，我却办不到。因此，在他的晚年，每有和我意见相左的地方。"我于认识了吴女士之后，又听到了她的这一段意见，平心静气地一想，觉得吴女士的行为，也的确是不得已的事情。所以当光慈作古的前后，我所听到的许多责备吴女士的说话，到此才晓得是吴女士的冤罪。

又听一位当光慈病殁时，陪侍在侧的青年之所说，则光慈之死，所受的精神上的打击，要比身体上的打击，更足以致他的命。光慈晚年每引以为最大恨事的，就是一般从事于文艺工作的同时代者，都不能对他有相当的尊敬。对于他的许多著作，大家非但不表示尊敬，并且时常还有鄙薄的情势，所以在他病倒了的一年之中，衷心郁郁，老没有一日开畅的日子。此外则党和他的分裂，也是一件使他遗恨无穷的大事，到了病笃的时候，偶一谈及，他还在短叹长吁，诉说大家的不了解他。

说到了这一层，我自己的确也不得不感到许多歉仄，因为对光慈的作品，不表示尊敬者。我也是其中的一个。我总觉得光慈的作品，还不是真正的普罗文学，他的那种空想的无产阶级的描写，是不能使一般要求写实的新文学的读者满意的。这事情，我在他初期写小说时，就和他争论过好几次；后来看到了他的作品的广受欢迎，也就不再和他谈论这些了，现在想到了他那抱憾终身，忧郁致死的晚年的情景，心里头真也觉得十分的难过。九原如可作，我倒很愿意对死者之灵，撤回我当时对他所发的许多不客气的批评，但这也不过是我聊以自慰的空想而已。

总而言之，光慈虽不是一个真正的普罗作家，但以他的热情，以他的技巧，以他的那一种抱负来写作的东西，则将来一定是可以大成的无疑。无论如何，他的早死，终究是中国文坛上的一个损失。

1933年3月25日

弄弄文笔并不是职业

以素无定职的我这一个长期失业者,来向青年们说些指导职业的话,实在是一件很可笑的事情。况且近来已经有一位青年在向我提出警告了,他说:一、你们若不是理想的人物,你就不配谈理想,所以只有狗可以谈狗,虎可以谈虎,你若要说到猫,你自己就得先变一只猫。二、总之是对于我个人的人身攻击,仿佛是我一日不死,中国就一日没有出路似的,所以我的一举一动,一言一行,都是不对,甚而至于死儿子也是一罪,有了老婆也是一罪,做做诗写写文章也无往而不是罪。三、这是这一位青年的最重要的论点,大约也就是他那一篇文章的所以不得不写的原因,直接痛快的说将出来,就是他要使人晓得,他的文章比我写得好,诗也比我做得好。"日月出矣,而爝火不息",致惹起了日月的不平,只能自己出马,向我来迎头一击,以灭爝火的余辉,以示日月的伟大。

我虽则不肖,可这一点爝火的自知之明,倒也是有的,故而近来绝对的不想写东西了,好让些新进的青年,来多写些既强而有力,又猛能扑人的文章。不过在世上旅(杭州骂人的俗语有旅世两字,不知是否这般的写法)得久了,几个认识的人当弄什么杂志新闻纸之类的时候，总得来硬拉；被拉不过，又只能勉强的应酬，重作着冯妇。所以半生过去，就积下了这么些个口头孽，也结下了许多不知不觉的暗中怨。老去填词，一半是空中传恨，却不防低头三尺有神明，在空中又会触犯了那些值日的恶功曹。这一大堆废话，本来是与指导职业无关的，但己田引水，既不能如职业介绍所广告文一样，说出许多有益于就职前途的话来，自然只好发些弄文笔的人的牢骚，以示弄文笔的这一件事情，绝对不是青年的正业。

我们在小的时候，谁也有一种对于文人的盲目崇拜狂，以为真的文章是经国之大业，不朽之盛事；只教文章写得好，就自然"书中自有颜如玉，书中自有黄金屋"了，所以在中学毕业后的几年之中，老想做一个文人，可以"寄身于翰墨，见意于篇籍；不假良史之辞，不托飞驰之势，而声名自传于后"。在实际上文学的麻醉力也真强，一首很好的诗歌，或一篇哀艳的小说戏曲，你读了的确要为它们所颠倒，正如意志未定，生理发育已竣完美的青年，见了妖艳的异性一样。但选职业，也犹之乎结婚，若只凭了一时的感奋，不顾前后，马上就跳入了富于诱惑，不着实地的急流旋涡之中，一生的快乐与事业牺牲了倒还事小；有的时候，恐怕连性命都要保不安全。我所以说，弄弄文笔，决不是职业；要想立意做一个文人，只是血气未定的青年时候的一个迷梦。

那么以笔杆为生，靠卖文为活的这一回事情，根本是没有的么？若然，则文学、新闻纸类，书籍等等所谓文化的结晶品，又从何处产生呢？这当然是很合理的一个问难。依文笔为生的正式职业者，自然是有的，譬如新闻记者、杂志或书局编辑、电影编剧员，国家或私营机关的书记秘书，推而广之，更如律师教员以及替人写信的测字先生代书人物之类，都是以文笔为业的人。可是读了许多年的书，不能将书本子去活用，为人类为社会去做些真真能从无中生有，足供实用的东西出来，而一辈子只在笔墨纸上翻筋斗，实在是有点交代不过去的事情。象现代中国的有些青年，简直连上列各职业都不想去干，只一味的在打算避难就易，成一个作家，以冀得名利双收，那就更不是前进的青年所应有的态度了。

我以为选择职业，第一要从事于生产的职业，使筋肉与脑子同时劳动，可以独立，不必求人的种类为最上，如自作农、机器师，土木工程师之类，下而至于编藤椅、敲石子的小工，也觉得比咬文嚼字，只说空话而无实际的写文作家，更可尊敬。必不得已而求其次，则出卖智识，得人薪水，也须以不悖良心的职业为限；饿死事小，失节事大，富贵本不可羡，若再不以其道得之，则这一个人的肉，怕也不足食了，现在的那些卖国求荣，助桀为虐的大人先生，就是这一类的禽兽。

前些日子，在天津一家报上曾见过一段劝卒业生的议论，仿佛有这么的三点，第一，要刻苦；第二，自视不可过高，自恕不可过宽，勿嫌小事而不干；第三，以回农村去为得，这议论当然是切近可用的上策。在全国经济破产的现状下，唯有刻苦耐劳的人，是生存的最适者；若个个想享福，个个人想做官刮地皮，那天下就无百姓，中国的领土，也马上要被刮完卖完了。我常在计算，在目下的中国，亡了之后，也一样的可以享福无碍的人，总计大约也只有一百个。他们是美国也有一千万元存款，日本也有一千万元，英国意国法国各有一千万元存款存在那里的；所以中国亡了，他们可以去日本，日本不容，他们可以去纽约伦敦巴黎。可是他们的子孙呢？戚属呢？万一世界各国，同时一致行起希脱勒的虐杀犹太人那么的政策来的时候，他们将往那里去逃呢？无用的私财的堆积，正象人身上生了癌病，愈积愈贫，愈容易促生社会的紊乱，国脉的凋丧，结果也不过一个人享受了十年五年，他们的子孙是一样的要做亡国流民的。古人的不以良田遗子孙，又说家财万贯，不如薄技随身的种种教训，就在告诉我们要非成一种可以营独立职业的技术，才是做人的正道。

第四辑
书边小思

文明大约是好事情,进化大约是好现象,不过时代错误者的我,老想回到古时候还没有皇帝政府的时代——结绳代字的时代——去做人。

艺术家的午睡

晚上沿街弄着乐器且行且唱的人,是古代的诗的遗物。世界上无论那一国都有,中国内无论那一处都流行的。在月光下,在微风里,或是萧条秋雨之中,或是霏微雪之下,伤心人听之觉得悲哀,得意人听之觉得快乐。我愿跟了这些 Minstrels 走尽天下,踏遍中国。

世界主义的实行者是乞丐和娼妇,真的国际联盟,应该从世界乞丐同盟和世界娼妇联盟始。

平生最恨的是警句(Paradox)和狗。不爱警句,因为可发的警句太少,不爱狗,因为犬吠声太多。G.K.Chesterton是警句大家,M. Maeterlinck是狗的爱护者,我平时不爱这两人的著作。

日本文里,译者与役者同音。译者是译书的人,役者是演戏的人。日本的役者,多是译者(因为日本的伶人多能翻译外国文的剧本)。中国的译者,都是役者(因为中国的译者只能做手势戏),这便是中日文化程度的差异。

坐轮船过太平洋的时候,每想坐火车,坐火车过秦淮河外的时候,只想坐画舫。

1923年7月24日

诗人的末路

司考脱兰特的耕农词客彭思（Burns, the Ploughman Bard）在故乡穷得不了，想飘流到谢马衣加（Jamaica）去的时候，有一天叹着对他的将痕说：

"将痕呀，百年之后，他们大约能知道我的真价罢。"

"Jean, one hundred years hence, they'll think main me than they do now."

在生前被一般势利的盲目批评家骂得可怜，终于悒郁而死的薄命诗人克子（Keats），只剩了一句豪语说：

"我想我死后总能入英国诗人之列。"

"I think I shall be among the English Poets after my death."

但他的墓铭，仍是一句：

"此间埋着的可怜虫，他的名字是写在水上的！"

"Here lies one whose name was writ in water." 深自谦抑的伤心之语。

穷途潦倒，死在施医院里的鬼才汤梦生（Francis Thompson）对他心爱之人说：

"……你跟我来哟！

千秋万岁,我将护你前行,
你和我将入不朽之域。"

"……Come with me,
I will escort thee down the years,
With me thou walk'st immortality."

啊啊!古今来的薄命词人,到了途穷日暮谁不是这样的想,但无情岁月,怕已吞没了许多才人的名姓了的罢!我为彭思克子汤梦生泣,我更不得不为我所不知道的许多薄命诗人泣!

1923年8月12日

故　事

听说外国人的称中国作"支那",是因为大秦的威力的远播。Chin拼起来是秦字的声音。而拉丁字的地名等末尾,老要加一个A字,所以秦字就一转而作了"支那"。这考据的的确不的确,暂且不去管它。但因为想到了秦字,所以想将秦朝的有一宗故事来说给大家听听。

秦国本来是专讲究武器,年年不断地招募新兵,看百姓不值一钱,只将百姓的辛苦劳力全部压榨出来,只用到打仗杀人等事情上去的一个国家。

恶人强横霸道,在这世上是只会兴盛起来的。所以秦国因它的武器,因它的兵力,因它的种种残酷的诡计,就成了中国一统的大国了。代表这强横霸道的大国的,是一个秦始皇。他非但想把同时代的异己者,杀得干干净净,他并且对于后世千年万年的不附己的人类,也同时想杀得个寸草不留。所以他于统一中国之后,就把全中国的读书人收集了拢来,一刀一个,不问理由,不问皂白,只是同割草似的杀过去。因为有人告诉他说,读书人是最不好指使,最容易起不平,最能把那些如牛似马的农人呀,工人呀等挑拨起来的一种动物。这告诉他以这些事情的，当然也是个把读书人，他们的所以要献这计的原因，就因为想讨讨秦始皇的好，一面也可以将同行者杀尽，而自己等能够得到专卖的利益。献计者的周到，真可以说是无微不至。他们教秦始皇杀尽了千千万万的读书动物之外，还要把凡是这些读书动物所做所刻所写的东西，都拿来烧成了灰。因为这些东西不烧了，百姓是依旧会感到不平，感到不公，要蹊跷起来的。这些东西若不烧了，后来的子子孙孙，依旧会摇头摆尾的变成读书的动物的。

费了这种种苦心，做了这种种把戏之后，秦始皇满足了，以为以后的牛马似的百姓是再也不会聪明起来，而这天下就可以长长久久的由他及他的子孙享受过去了。教秦始皇做这些事情的读书人也满足了，以为以后的中国，说起读书人就只有他们一家，百姓中间，就只有他们几个是最聪明的了。

秦始皇和这几个读书人就放大了胆，要干什么就干什么，要百姓出多少钱就出多少钱，要杀几个人取乐取乐就杀几个人。百姓果然不敢响了，在路上走路的时候，也不敢互相看一眼。家家户户每家有几个人就老早去预备好几口棺材放在那里。因为几时被皇帝来杀是决不定的，所以他们个个都生也还没有生着，就在那里预备死了，而实际上象他们那样的活着，也还是死了的好，还不如死了倒舒服些。

但是秦始皇和他的几个专卖的读书人似乎也是人，不是别的东西，因为想千年万年活过去的他们，也只上了一回一个茅山道士的当，终于做不成神仙，终于一个一个的死掉了。他们死了之后，国内的许多许多还没有被他们杀了的百姓——自然是杀不尽的，因为无论如何，百姓总是绝对多数，杀了一半，总还有一半剩落，再杀一半的一半，也总还有一半的一半剩落，杀到最后，这剩落的总还是大多数者——就想动起手来。于是就有一个比秦始皇更厉害，杀人杀得更多的人出来了。他四方八面杀了一阵之后，实在觉得杀也杀不尽这许多的。所以就想了一个计策出来，好省他许多力气。他教百姓若完完全全能够听他的话的时候，他就可以不杀他们。所以他就在大家的面前，奉过一只鹿来，教大家说，这是马。若有人敢说一声不是的，当然是一刀。可是他虽则看见大家都在说这是马，这是马，这不是鹿，而由他的聪明的眼睛看将起来，觉得大家的赞声都是空虚而在那里发抖的。所以他又大声的怒叫着说，你们不承认么？你们敢反对么？你们能够证明这不是马么？听了他这怒叫，大家是吓得魂灵儿也没有的了，又那一个敢出来证明呢？

可是在大家的中间，自然是有又聪明又能干也是专卖的读书人的子孙混着的，这几个专卖的读书人，就乘此机会，出来活动了。第一他们就先对大家说："这是马，这不是鹿，我可以证明。"说着他们就去牵几只马出来：指给大家看，一边重新高喊着说："这才是鹿哩！这才是鹿哩！你们谁能够否认我这证明，而出来证明这不是鹿的么？"当然是没有人放出来证明的。然而光是空玩玩这套把戏,他们还是不满足的,所以他们还要硬指出几个人出来,说是这几个人否认了他们的证明。

时间一年一年的过去了,秦始皇也一个一个的换过了。专卖的读书人,尤其是一代一代的聪明起来了。于是,结果,被杀的百姓,也就一次一次的增加了。

现在是什么朝代,我不晓得,我只晓得上面所述的仿佛是秦朝的,仿佛也是秦朝以后一直一直传下来直传到了现在的故事。

1928年10月作

骸骨迷恋者的独语

　　文明大约是好事情，进化大约是好现象，不过时代错误者的我，老想回到古时候还没有皇帝政府的时代——结绳代字的时代——去做人。生在乱世，本来是不大快乐的，但是我每自伤悼，恨我自家即使要生在乱世，何以不生在晋的时候。我虽没有资格加入竹林七贤——他们是贤是愚，暂且不管，世人在这样的称呼他们，我也没有别的新名词来替代——之列，但我想我若生在那时候，至少也可听听阮籍的哭声。或者再迟一点，于风和日朗的春天，长街上跟在陶潜的后头，看看他那副讨饭的样子，也是非常有趣。即使不要讲得那么远，我想我若能生于明朝末年，就是被李自成来砍几刀，也比现在所受的军阀官僚的毒害，还有价值。因为那时候还有几个东林复社的少年公子和秦淮水榭的侠妓名娼，听听他们中间的奇行异迹，已尽够使我们现实的悲苦忘掉，何况更有柳敬亭的如神的说书呢？不晓是什么人的诗，好象有一句"并世颇嫌才士少"——下句大约是"著书常恨古人多"吧？——我也常作这样的想头，不过这位诗人好象在说"除我而外，同时者没有一个才士"，而我的意思是"同时者若有许多人才，那么听听这些才士的逸事,也可以快快乐乐过一生。"这是诗人与我见解不同的地方。

讲到了诗,我又想起我的旧式的想头来了。目下在流行着的新诗,果然很好,但是象我这样懒惰无聊,又常想发牢骚的无能力者,性情最适宜的,还是旧诗,你弄到了五个字,或者七个字,就可以把牢骚发尽,多么简便啊。我记得前年生病的时候,有一诗给我女人说:

"生死中年两不堪,生非容易死非甘,剧怜病骨如秋鹤,犹吐青丝学晚蚕,一样伤心悲薄命,几人愤世作清谈,何当放棹江湖去,浅水芦花共结庵。"

若用新诗来写,怕非要写几十行字不能说出呢!不过象那些老文丐的什么诗选,什么派别,我是大不喜欢的,因为他们的成见太深,弄不出真真的艺术作品来。

近来国学昌明,旧书铺的黄纸大字本的木版书,同中头彩的彩票一样,骤涨了市价,却是一件可贺的喜事,不过我想这一种骸骨的迷恋,和我的骸骨迷恋,是居于相反的地位。我只怕现代的国故整理者太把近代人的"易厌"的"好奇"的心理看重了。但愿他们不要把当初建设下来的注音字母打破,能根本的作他的整理国故的事业才好。

喜新厌旧,原是人之常情,不过我们黄色同胞的喜新厌旧,未免是过激了。今日之新,一变即成为明日之旧,前日之旧,一变而又为后日之新,扇子的忽而行长忽而行短,鞋头的忽而行尖忽而行圆，便是一种国民性的表现，我只希望新文学和国故，不要成为长柄短柄的扇子，尖头圆头的靴鞋。

前天在小馆子里吃饭，看见壁上有一张"莫谈国事"的揭示，我就叫伙计过来，问他我们应该谈什么，他听不懂我的话，就报了许多炒羊肉，炸鲤鱼等等的菜名出来。往后我用手指了那张红条问他从什么时候起的，他笑了一笑说：

"嘿，这是古得很咧！"

我觉得这一个骸骨迷恋，却很有意思。

近来头脑昏乱，读书也不能读，做稿子也做不出，只想回到小时候吃饭不管事的时代去。有时候一个人于将晚的时候在街上独步，看看同时代的人的忙碌，又每想振作一番，做点事业出来。当这一种思想起来的时候，我若不是怨父母不好，不留许多遗产给我，便自家骂自家说：

"你这骸骨迷恋！你该死！你该死！"

1925年1月在北京

炉边独语

一

言论自由，在中国还谈不到。据中国民权保障同盟的宣言——中国民众以革命的大牺牲所要求之民权，至今尚未实现，实为最可痛心之事。抑制舆论与非法逮捕杀戮之记载，几为报章所习见；甚至青年男女有时加以政治犯之嫌疑，遂不免秘密军法审判之处分——这样看来则欧洲中世在黑暗时代所给与百姓的人身享有权（Habeas Corpus），在中国还依然仍旧没有获得。三四千年前周厉王秦始皇当国的时候是如此，三四千年后革命成功的现在也还是如此。试问一个人对于自己的身体，都还不能保有安全，那还有什么言论不言论呢？没有言论的人，是可以存在的，但世上是否可以有一种没有身体的人的？

英国小说家康泊东·麦干荠，最近因为写了一篇回忆录，漏泄了大战中当他在希腊英国情报部服务时候的秘密，被罚了两千元。这事情幸亏是发生在自由主义摇篮地的英国，所以C.M的首级保住了，假使是在中国的话，大家试想想，结果将变成怎么的一个样子？萧伯纳倚老卖老，说英国可以放弃印度，结果也只受了一次殖民地总督的警告，试想想这事情若发生在中国，则又将闹成样的结局。

所以我感在目下的中国，要主张争取言论自由，还是主张者的一种奢侈。

二

王薇子先生，以陈紫荷画的《秋风马背图》索题，两三月来，不曾缴卷，现在偶尔翻阅日记，见到了这一件事情，就想出了四句歪诗：

> 一幅青春失意图，残山剩水认模糊，秋风马背仙霞岭，载得船娘九姓无？

因为他当时正从福建失意回来，所以便想到了宝竹坡的江山船，这事情是从《李莼客日记》里看来的。

三

偶然翻开王仲瞿《烟霞万古楼集》，看见了一首他示三岁儿子善才的诗，觉得有趣之至，抄在下面。

善才生二十五月矣，计识得二百五十余字，示以诗云：

阿爷四岁识千字，一一形书晓其义，儿今三岁字二百，他日为文定奇特。人间识字天上嗤，阿爷自误还误儿，儿莫学阿爷！知书娘道好，至今饿死无人保，夷齐庙里要香烟，谁捧藜羹到门祷？阿爷配食两庑去，赖尔门庭来洒扫。秦皇烧书黑如炭，豫让吞之不当饭，鱼盐作相盗作将，天下功名在屠贩。儿不闻，仓颉作字鬼神哭，从此文人食无粟。又不闻，轩辕黄帝不用一字丁，风后力牧为公卿。

王仲瞿奇才不遇，诗象是太史公的文章。曾在杭州武林门外两马塍之间和夫人金秋红结王庵以偕隐，现在已经没有人晓得这王庵的遗址了。友人陈紫荷为他撰过年谱，但因材料不多，中途废止。每谈到"江东余子老王郎，来抱琵琶哭大王"之句，还是慷慨激昂，说总有一天要把这王仲瞿的年谱编成。

四

悲哀之词易工，也是自然之势。因为人的感情，快活的时候，是弛放的，悲哀的时候，是紧张的。子食于丧者之侧，未尝饱也，悲哀的感染，比快乐当然更来得速而且切。李后主亡国之后的词，简直是一字一泪，无论何人读了，也不得不为他肠断，比超前期"花明月暗笼轻雾"来，自然是"多少恨，昨夜梦魂中"好得多了。还有欣赏文学的心境，中国人与外国人似乎稍微有点不同。外国人就文论文，似乎以倾向于艺术至上主义者为多。譬如英国人读贝伦，奢来之诗，对于诗人们的乱伦悖德的私行，完全置之度外。还有维农的强盗杀人，蓝鲍的色情倒错，在法国都不妨碍他们的大诗人的声誉。而中国人则当读到文天祥，岳武穆的诗歌的时候，首先想起的，却是这些作者的人格的背景。从这一方面说来，又是悲剧比喜剧更容易成功的一个秘诀。严分宜、阮大铖，诗并非不佳，然而没有人去读，就因为他们的人格卑污，不能构成悲壮美的背景的缘故。

说木铎少年

直率痛快的骂人，原是要有特权的人才能骂的。从前有一种皇恩钦赐的木铎老人，穿起黄袍，拿着板子，日日在农村或市镇上闲行，只教遇见有不孝的乡党子弟，他就可以仗了皇帝的势力，任意打你骂你，或竟拖你上就近的衙门里去处你以死罪。现在朝代换了，一批新的皇恩钦赐的木铎少年，却应天运而生，揭笔杆而起，来演起这把戏来了。

木铎少年，自然要比木铎老人强得多。老人们穿的那件有皇恩钦赐四字写着的黄麻外套，少年们当然不屑穿了，说不定他们还会和叛逆子弟一样地穿上一套摩登的洋服。这么一来，第一他们就可以避去为主公做忠实走狗的嫌疑，而装作光明正大得同武都头一样的一条英雄好汉。他们可以在金銮殿上放屁，可以在众人头上撒尿。但乡党的叛逆子弟若见了他们而捏一捏鼻，则他们就会忘记了自身的恶臭，而大声的骂你是鬼鬼祟祟，十足下流，不敢掀开鼻子和他们较量。

他们还能站在第三者的地位，向主公讽示以如何来处置叛逆，说："某某，某某，不是那么被做了的么？你为什么不步此后尘呢？"他们更会借了光明正大的招牌，公然的来通风报信,说:"某某就是某某的化名,住在什么地方。"

记得《左传》里有一段叫作蹇叔哭师。秦穆公不听蹇叔之谏而出师,蹇叔因自己的儿子也在一道,所以哭而送之曰:"晋人御师必于崤,崤有二陵焉,其南陵,夏后皋之墓也,其北陵,文王之所辟风雨也,必死是间,吾收尔骨焉。"当时讲这一段书的塾师对我们说:"蹇叔这老头儿真厉害,他在哭声里,就告诉了他的儿子以地理和战略了,这文章真写得多么婉曲!"我觉得现代的那些木铎少年们,却都有蹇叔那么的本领。

不幸而为中国女子

江淮一带,以及两广闽浙,向来有溺女之陋习;唯其如此,所以白乐天的"不重生男重生女"一语,成为中国古今独绝的反语名诗。自孔子讥女子为难养以来,国破家亡,以及一切大小不幸的事件发生,就都推在女子的身上。唐人有"小怜玉体横陈夜,已报周师入晋阳"的绝句,因而弄得现在五省之亡,罪魁也必然地是翩翩的蝴蝶。字典里女字部的文字,坏字较好字为多,古今来的诗词文选,女流总列在卷末,与僧道同居。

革命成功,女权确立的今日,还是左一道命,右一条令的在取缔女子的奇装异服,禁止女子的赤足袒胸,理由总是坏乱风化;一若风化之维持,全须女子负责者。花柳药房的广告,化女子为蛇身,舞场营业的东家,以女子为诱鸟。这种情形,大约与男扮女装的小旦一样,当是中国唯一,世上无双的道地国粹。

谣言预言之类的诞生

谣言、预言等辈的养育处，第一就须在大家贪懒不做正经事情的地方。中国的谣言、预言所以特多的原因，就因为中国的全部国民都是闲惰不做正经事情的缘故。从在上据高位者起，一直到都市乡村的游民乞丐为止，中国何尝有一个正经在拼命做事的人？谣言、预言的发生时期，总在大乱初平，或变乱继起之后；而酿成这些谣言、预言的重大酵素，当然是在当局者的专制压迫，与一般已被愚民政策驯服了的百姓的无智。

中国每当一次战争或大灾之后，总会有许多离奇不可思议的谣言与推背图、烧饼歌之类的预言印刷品出来。在危急多难之秋，谣言的发生，原是不得已的事情，一传两，两传三，先说是西京造反，后来就会变青菜冷饭，从一个字，变成十个字，或竟变成一件有头有尾的故事，也很容易。俄国郭果里的《巡按》，爱尔兰郭莱傲里夫人的《谣言的传布》两剧，就是这一面的传神实写。这原是不得已的事情。但在国民智识发达，社会根基巩固，统治者不是乱杀人乱压迫的地方，这种现象，究竟少些。至于预言呢，那更足以证明统治者的压迫言论的坏影响了。有识者早见到了社会破绽，但不敢明言直说，所以只好托之神意天启,造成幻妙的预言,以广流传,不是某处某地掘了一块碑,便是某村某镇出了一个怪。预言制造者,更以能利用国民弱点,了解刺激心理的人居大多数,是以预言的内容,总侧重在易朝换姓,人民大量死亡的各种事情之上。这倾向,从历史的、社会的、民族的诸观点研究起来,原可以成一部象 The Golden Bough 一样的大著的东西,在此地,我只好简单地说,中国的预言之由来,所受的是道教的影响,其源出于河图洛书,降至近世,则统治者的压迫,国民的懒惰与无智,就是造成这些无稽之谈的炉灶。

在最近半个月中的情形之下,我倒很想起了两件事情:第一,杨树浦、闸北的橡胶厂爆炸,据说因为铁锅是日本货,但不知在爆炸之先,有没有人看见日本人进去放炸药。第二,长城倒,热河崩,不晓得有没有刘伯温的碑出来。

清谈的由来

凡稍懂一点历史故实的人，都知道清谈始于魏，盛于晋，衰于陈隋。以横槊赋诗的魏武帝，居然会杀孔文举，害祢正平；以述典谈文的魏文帝，竟也会煮豆燃萁，同根相逼，文士的不得不被迫入于清谈，在这里也可以想见他们的心事了。降而至晋，懿昭父子的凶狠残酷，当然要比曹魏更胜一筹。挥尘谈玄，既能免祸，又可图名，读书种子，焉得不竟尚此风，而来兼收名实呢？到了陈隋伤乱，天下纷纭，文绉绉的读书人已经是无尘可挥，无玄足述了，清谈的消灭，也是自然之理，然而文人苦矣。

近世的清谈，似乎变了一个样子。大报小志上，连篇累牍地载在那里的，大抵（一）是天灾，（二）是性罪。（三）是要人的行踪与传闻轶事，（四）是关于同时代的文人的连嘲带骂，疑假若真的消息与批评。"今朝天气哈哈哈"，果然是清谈的极品，"名教中自有乐地，何为乃尔也"，更是谈言微中，情文并至的文章。究竟还是清谈误国呢，还是国误清谈？这倒真有点儿难说。

1933年6月25日

说模仿

据希腊亚利士多德说来,艺术的起源,是在模仿。若推理的倒测,是真的话,那中华民族,倒是一个最艺术的民族,何以呢?因为中国人是最富于模仿性的。虽然是好的意义的模仿呢,还是坏的意义的模仿,我们却也不敢断言。

中国人的善于模仿的秘诀,第一,是在模仿表面,而不讲实际;譬如,大家都知道了西洋文化的好处,中国人也非学他们不可了,于是乎阿猫阿狗,就都着起了西装,穿上了皮靴,捏起了手杖,以为这就是西洋文化的一切。虽然还有一种例外的吃大菜,倒是比较得实际一点。更如一说到了科学的可珍,全国上下也就会有一批歌功颂德的放屁虫出来,空空然的大喊人叫着"科学科学,科学科学",而实际上什么是科学,怎样的提倡科学,如何的应用科学,却一概可以置之不论。虽然在政治上应用了纵横反复之术,来争取一点地位,和收取几十万节敬炭敬之类,倒是比较得实际的唯物史观与科学方法。

模仿最易成功的第二个秘诀,是在模仿人家的坏处,顶明显的好例,只须听一听受着西洋人的教育的许多中国子弟之吃教者和吃洋行税关饭者的中国话,就马上可以看出来。他们别的事情，倒会置之不学，而独有那一口奇怪的外国人说的中国话，却个个都能够说得同外国人一样。名词动词的颠倒，抑扬顿挫的特异，你若闭上了眼睛，不看见在你面前说话的那一张黄色、斜眼、狮鼻的脸，那你会相信，是一位外国人在向你说教："耶苏是顶顶好的人！"个人既是如此，同样地，国家也是一样。从前向往着严寒的北国，现在却又有一部分人醉心于炙热的南欧的某一小邦了。

暴力与倾向

《明史》里有一段记载说："燕王即位，铁铉被执，入见；背立庭中，正言不屈；割其耳鼻，终不回顾。成祖怒，脔其肉纳铉口，令啖，曰：'甘乎？'厉声曰：'忠臣之肉，有何不甘！'至死，骂不绝口。命盛油镬，投尸煮之，拨使北向，辗转向外。更令内侍以铁棒夹之北向，成祖笑曰：'尔今亦朝我耶？'语未毕，油沸，内侍手皆烂，咸弃棒走，骨仍向外。"这一段记载的真实性，虽然还有点疑问，因为去今好几世纪以前的事情，史官之笔，须打几个折扣来读，正未易言；但有两点，却可以用我们所耳闻目睹的事实来作参证，料想它的不虚。第一，是中国人用虐刑的天才，大约可以算得起世界第一了。就是英国的亨利八世，在历史上是以暴虐著名的，但说到了用刑的一点，却还赶不上中国现代的无论那一处侦探队或捕房暗探室里的私刑。杠杆的道理，外国人发明了是用在机械上面的，而中国人会把它去用在老虎凳上；电气的发明，外国人是应用在日用的器具之上，以省物力便起居施疗治的，而中国人独能把它应用作拷问之助。从这些地方看来，则成祖的油锅、铁棒，"割肉令自啖之"等等花样，也许不是假话。第二,想用暴力来统一思想,甚至不惜用卑污恶劣的手段,来使一般人臣服归顺的笨想头,也是"自古已然,于今尤烈"的中国人的老脾气。

可是,私刑尽管由你去用,暴力也尽管由你去加,但铁铉的尸骨,却终于不能够使它北面而朝,也是人类的一种可喜的倾向。"匹夫不可夺志也",是中国圣经贤传里曾经提出过的口号。"除死无他罪,讨饭不再穷",是民间用以自硬的阿Q的强词。可惜成祖还见不及此,否则油锅、铁棒等麻烦,都可以省掉,而《明史》的史官,也可以略去那一笔记载了。

说"沉默"

自发的沉默，中外一例地都视为人生的美德。中国人说："祸从口出！"所以金人要三缄其口。英国喀拉衣耳说："沉默与玄秘！若这时代还是造神坛的时代，那神坛正还该献造给它们。"他又引着一句瑞士的金言"言语是银的，沉默是金的"而改造过说："言语是一时的，沉默是永久的。"比利时的那位神秘诗人梅泰林克在一本《心贫者之宝》（*Le Tresor des Humbles*）的散文集里，更把沉默推崇得至高至上，无以复加。

他甚至说，言语的沟通灵魂，远不如沉默的来得彻底。尤其是两人相爱的时候，决定此爱者，乃是来至两人间的最初的那一个沉默。在远道回家，别离在即，大喜临头，生命终息，或大大的不幸，将次到来的一瞬间，沉默总在我们的先头，所以人们在人数多的时候，最怕的也就是这一个沉默。沉默的严肃，就是爱和死和运命的严肃。

梅泰林克的赞美沉默，自然是有他的见地在的；但非自发的沉默，却未免有点儿难受。先让我来说一个故事：火德星君纪晓岚，酷嗜淡巴菰，有一日正在吞云吐雾，校修着《四库全书》的时候，忽听报说："皇上来了！"他把烟斗向靴袋里一塞，就匆忙地下去接驾。后来烟火烧上袜子、皮肉，干焦气都熏出外面来了，皇上问："有什么在烧？"他老人家却只装着苦笑，镇静地回复说："没有什么！"象这一种的沉默，可真是应了法国人的说法，言语是隐秘思想的艺术（Speech is the art of concealing thought）了；但艺术虽然成了功，而皮肉可不免受了痛。

山水及自然景物的欣赏

　　自从亚里士多德的文学模仿论创定以来，以为诗的起源是根据于模仿本能的学说，到现在还没有绝迹；论客的富有独断性者，甚至于说出"所有的艺术，都是自然的模仿；模仿得象一点，作品就伟大一点，文学是如此，绘画亦如此，推而至于音乐，舞蹈，也无一不如此"等话来。这句话，虽则说得太独断，太笼统；但反过来说，自然景物以及山水，对于人生，对于艺术，都有绝大的影响，绝大的威力，却是一件千真万确的事情，所以欣赏山水以及自然景物的心情，就是欣赏艺术与人生的心情。

　　无论是一篇小说，一首诗，或一张画，里面总多少含有些自然的分子在那里；因为人就是上帝所造的物事之一，就是自然的一部分，决不能够离开自然而独立的。所以欣赏自然，欣赏山水，就是人与万物调和，人与宇宙合一的一种谐合作用，照亚里士多德的说法，就是诗的起源的另一个原因，喜欢调和的本能的发露。

　　自然的变化，实在多而且奇，没有准备的欣赏者，对于他的美点也许会捉摸不十分完全的；就单说一个天体罢，早晨的日出，中午的晴空，傍晚的日落，都是最美也没有的景象；若再配上以云和影的交替，海与山的参错，以及一切由人造的建筑园艺，或种植畜牧的产物，如稻麦牛羊飞鸟家畜之类，则仅在一日之中，就有万千新奇的变化，更不必去说暗夜的群星，月明的普照，或风雷雨雪的突变，与四季寒暖的更迭了。

我们人类，大家都有一种特性，就是喜新厌旧，每想变更的那一种怪习惯；不问是一个绝色的美人，你若与她日日相对，就要觉得厌腻，所以俗语里有"家花不及野花香"的一句；或者是一碗最珍贵最可口的菜，你若每日吃着，到了后来，也觉得宁愿去换一碗粗肴淡菜来下饭；唯有对于自然，就决不会发生这一种感觉，太阳自东方出来，西方下去，日日如此，年年如此，我们可没有听见说有厌看白天晚上的一定轮流而去自杀的人。还有月亮哩，也是只在那么循行，自有地球有人类以来的一套老调，初一出，月半圆，月底全没有，而无论那一处的无论那一个人，看了月亮，总没有不喜欢的，当然瞎子又当别论了。自然的伟大，自然的与人类有不可须臾离的关系，就此一点也可以看出来了，这就是欣赏自然景物的人类的天性。

欣赏自然景物的本能，是大家都有的；不过有些人忙于衣食，不便沉酣于大自然的美景，有些人习以为常了，虽在欣赏，也没有欣赏的自觉，因而使一般崇拜自然美的人，得自命为雅士，以为自然景物，就只为了他们少数人而存在的。更有些人，将自然范围限制得很小，以为能如此这般的欣赏，自然景物，就尽在他们的囊中了。下边的四首歌曲，和一张节目，就是这些雅士们的欣赏自然的极致，我们虽则不能事事学他们，但从小处也可以见大，倒未始不是另一种欣赏自然景物的规范。

山居自乐（四季之歌见乾隆御制《悦心集》）

无名氏

爱山居，春色佳，有桃花有杏花；绿杨深处莺儿啼，天阴草色连云暖，夜静花阴带月斜。兴来时，醉倒荼蘼下，这是俺山中和气，岂恋他金谷繁华？（春）

爱山居，夏日长，抚苍松坐翠筸；南风不用蒲葵扇，放开短发迎朝爽，洗涤尘襟纳晚凉。竹方床，一枕清无汗；这是俺山中潇洒，岂恋他束带矜妆？（夏）

爱山居，秋月清，白苹洲红蓼汀；芳菲黄菊开三径，风前倚石吹长笛，月下焚香抚玉琴。木兰花，坠露朝堪饮；这是俺山中雅淡，岂恋他人世红尘？（秋）

爱山居，冬景余，掩柴门著道书；红炉榾柮煨山芋，开窗积雪千峰白，绕屋梅花几树疏。兴来时，驴背闲寻句；这是俺山中冷趣，岂恋他车马驰驱？（冬）

明高濂稚尚斋四时幽赏目录：

孤山月下看梅花。八卦田看菜花。虎跑泉试新茶。保俶塔看晓山。西溪楼啖煨笋。登东城望桑麻。三塔基看春草。初阳台望春树。山满楼观柳。苏堤看桃花。西泠桥玩落月。天然阁上看雨。（以上春时幽赏）

苏堤看新绿。东郊玩蚕山。三生石谈月。飞来洞避暑。压堤桥夜宿。湖心事采莼。晴湖视水面流虹。山晚听轻雷断雨。乘露剖莲涤藕。空亭坐月鸣琴。观湖上风雨欲来。步山径野花幽鸟。（以上夏时幽赏）

西泠桥畔醉红树。宝石山下看塔灯。满家街赏桂花。三塔基听落雁。胜果寺月岩望月。永乐洞雨后听泉。资岩山下看石笋。北高峰顶观云海。策杖林园访菊。乘舟风雨听芦。保俶塔顶观海日。六和塔夜玩风潮。（以上秋时幽赏）

湖冻初晴远泛。雪霁策蹇寻梅。三节山顶望江天雪霁。西溪道中玩雪。山头玩赏茗花。登眺天目绝顶。山居听人说书。扫雪烹茶玩画。雪夜煨芋谈禅，山窗听雪敲竹。除夕登吴山看松盆。雪后镇海楼看晚炊。（以上冬时幽赏）

（录自《西湖集览》）

这些原也不免有点过于自命风雅，弄趣成俗之嫌；可是对于有些天良丧尽,人性全无的衣冠禽兽,倒也可以给他们一个警告,教他们不要忘掉自然。我从前在北平的时候,就有一位同事,是专门学法律的人,他平时只晓得钻门路,积私财,以升官发财为唯一的人生乐趣,你若约他上中央公园去喝一碗茶,或上西山去行半日乐,他就说这是浪漫的行径,不是学者所应有的态度。现在他居然位至极品,财积到了几百万了,但闻他唯一娱乐,还是出外则装学者的假面,回家则翻存在英国银行里的存折,对于自然,对于山水,非但不晓得欣赏,并且还是视若仇敌似的。对于这一种利欲熏心的人,我以为对症的良药,就只有一服山水自然的清凉散,到这里,前面所开的那两个节目,倒真合用了;因为山水,自然,是可以使人性发现,使名利心减淡,使人格净化的陶冶工具。我想中国贪官污吏的辈出,以及一切政治施设都并不好的原因,一大半也许是在于为政者的昧了良心,忽略了自然之所致。

自然景物所包涵的方面,原是极博大,极广阔的;象上面所说的天地岁时,社会人事,静而观之,无一不是自然,无一不可以资欣赏,但这却非要悠闲自得,象朱夫子那么的道学先生才办得到;至于我们这种庸人,要想得到些自然的美感,第一,还是上山水佳处去寻生活,较为直截了当;古今来,闲人达士的游山玩水的习惯的不易除去,甚至于有渴慕烟霞成痼疾的原因,大约总也就在这里。

大抵山水佳处,总是自然景物的美点发挥得最完美,最深刻的地方；孔夫子到了川上，就觉悟到了他的栖栖一代，猎官求仕之非；太史公游览了名山大川，然后才死心塌地，去发愤而著书，从知我们平时所感受不到的自然的威力，到了山高水长的风景聚处，就会得同电光石火一样，闪耀到我们的性灵上来；古人的讲学读书，以及修真求道的必须要入深山傍大水去结庐的理由，想来也就在想利用这一点山水所给与人的自然的威力。

我曾经到过日本的濑户内海去旅行，月夜行舟，四面的清葱欲滴，当时我就只想在四国的海岸做一个半渔半读的乡下农民；依船楼而四望，真觉得物我两忘，生死全空了。后来也登过东海的崂山，上过安徽的黄岳，更在天台雁荡之间，逗留过一段时期，每到一处，总没有一次不感到人类的渺小，天地的悠久的；而对于自然的伟大，物欲的无聊之念，也特别的到了高山大水之间，感觉得最切。所以要想欣赏自然的人，我想第一着还是先上山水优秀的地方去训练耳目，最为适当。

从前有一个赞美英国19世纪的那位美术批评家拉斯肯的人说，他在没有读过拉斯肯以前，对于绘画，对于蒙勃兰高峰的积雪晴云，对于威尼斯，弗露兰斯的壁画殿堂，犹如瞎子，读了之后，眼就开了。这话对于高深的艺术品的欣赏，或者是真的，但对于自然美，尤其是山水美的感受，我想也未必尽然。粗枝大略的想欣赏自然，欣赏山水，不必要有学识，有鉴赏力的人才办得到的；乡下愚夫愚妇的千里进香，都市里寄住的小市民的窗槛栽花，都是欣赏自然的心情的一丝表白。我们只教天良不泯，本性尚存，则但凭我们的直觉，也就尽够做一个自然景物与高山大水的初步欣赏者了。

就家字来说

家这个字,在《说文》里不知道是怎么样的解释,但从我们的直觉来解说文字,总觉得宝盖底下的一个豕字,当然有将野兽的野心野性收服驯致下去的意思。

人有了家,就不能同没有家的人一样,少不得要思前顾后,畏首畏尾;从文明进化的一点上讲,或者是人类社会的进步也说不定,但从艺术的人生观来说,家却是一副套在自由人身上的枷锁,因为艺术家的天性,多少总带有些薄命汉倾向的。

从家字出发的字,最容易使人想起的,是加上一个女旁的嫁字。

女子与家庭,正如眼睛和眉毛一样,眉毛虽则没有多大的用处,但眼睛上若缺少了这一簇毛,根本就不成一个样子。不过独身的男子,还可以开闭几次,做些视察,落泪,或睡眠的事情,但独身的女子,却不能代替牙刷、毛笔之类,收一点功用。

美国的华盛顿·欧尔文,大家都知道他是一位独身的文学家,可是他的称赞主妇,歌颂妻室的文字,却写得比中国的许多多妻主义者还来得动人，这或者是同没有眉毛的麻风病人一样，是一种不及错觉（Iuferiority Complex）的结果。唯其是如此，所以没有家室的人，只想娶妻，生子，成家，立业；而苦于家累太烦，妇权太重的立泊·凡允·格儿先生们，又在想逃到山中去修仙学道，长醉不醒。一正一反，一反一正，社会人类，就永远地在这种矛盾错综之下维持过去。家若在这些地方有一点功用的话，那就因为它是一个永也不会被人猜破的长续的哑谜，永也不会被人吃厌的亚当的苹果。

当国事吃紧，民族垂亡的目下，我们自然又不得不想起国字下面的一个家字。"匈奴未灭，何以家为？"这句话人人能说，但未必人人能够做到。陈伯南先生下野，先必将现银物件和莫夫人送到香港，战事未来，而军人的家眷却必同候鸟似的先搬赴安全地带。军人与国难期间的平民，不准结婚，不准成家立业的法规，虽则没有，可是到了Hektor将要去出征赴战的一瞬间，看见了眼泪汪汪的Andromache抱了小孩来送的情形，总到底不免有些英雄气短的牵挂与离愁。中国的国民，到了这里，于是就逢着了种种的难题：保国呢还是保家，没有了国有没有家？国字底下何以必定要带一个家？等等，等等。

1936年11月

为己与为人

英大儒培根说，为学是有三种作用：一，是为一己私自的快乐；二，是为了对人作装饰，如有辩才之类；三，是为了修得能力，可以应世处理事务。

而孔子之说为学，只分作为己与为人的两类；照孔子之意，为己是为了自己的德业，不必广求人知（人不知，而不愠）的意思。为人则是专务表面夸耀的事情了，这是不对的。

古人都把夸耀他人，徒务虚名的事情，看作不是为学的本意。英国斯宾塞论教育，亦以一般人有将教育、教养，当作装饰品看的天性，以为是野性的遗留。譬如对土人，赠以食物（系人生必须品），远不如赠以贝壳珠钻等装饰品来得喜欢，就是人性喜浮夸之一端。

但我们的解释，则为人两字，应从好的意义方面来解说。就是说，我们求学问，一面原是为了想增进自己的德业，一面原也是为想服务于社会人类。孔子也曾说过，"学而优则仕"，仕是为社会国家，当无疑义。又说："君子学道则爱人，小人学道则易使也"，爱人是爱及于人，易使是易为人用的意思。

所以，我们的为学目的，当然第一是在修己，同时第二也是在为人服役；不过此地所说的为人，并非如孔子所讥讽的只图夸耀于人，求知于人的那种虚浮浅薄的欲望而已，是实实在在为国家社会人类服役的意思。

第五辑
雪泥鸿爪

自己的生活,总还得由自己来维持,天高地厚,倒也顾不了许多。

悲剧的出生

——自传之一

"丙申年,庚子月,甲午日,甲子时",这是因为近年来时运不佳,东奔西走,往往断炊,室人于绝望之余,替我去批来的命单上的八字。开口就说年庚,倘被精神异状的有些女作家看见,难免得又是一顿痛骂,说:"你这丑小子,你也想学起张君瑞来了么?下流,下流!"但我的目的呢,倒并不是在求爱,不过想大书特书地说一声,在光绪二十二年十一月初三的夜半,一出结构并不很好而尚未完成的悲剧出生了。

光绪的二十二年(西历一八九六)丙申,是中国正和日本战败后的第三年;朝廷日日在那里下罪己诏,办官书局,修铁路,讲时务,和各国缔订条约。东方的睡狮,受了这当头的一棒,似乎要醒转来了;可是在酣梦的中间,消化不良的内脏,早经发生了腐溃,任你是如何的国手,也有点儿不容易下药的征兆,却久已流布在上下各地的施设之中。败战后的国民——尤其是初出生的小国民,当然是畸形,是有恐怖狂,是神经质的。

儿时的回忆,谁也在说,是最完美的一章,但我的回忆,却尽是些空洞。第一，我所经验到的最初的感觉，便是饥饿，对于饥饿的恐怖，到现在还在紧逼着我。

生到了末子，大约母体总也已经是亏损到了不堪再育了，乳汁的稀薄，原是当然的事情。而一个小县城里的书香世家，在洪杨之后，不曾发迹过的一家破落乡绅的家里，雇乳母可真不是一件细事。

四十年前的中国国民经济，比到现在，虽然也并不见得凋敝，但当时的物质享乐，却大家都在压制，压制得比英国清教徒治世的革命时代还要严刻。所以在一家小县城里的中产之家，非佃雇乳母是一件不可容许的罪恶，就是一切家事的操作，也要主妇上场，亲自去做的。象这样的一位奶水不足的母亲，而又喂乳不能按时，杂食不加限制，养出来的小孩，那里能够强健？我还长不到十二个月，就因营养的不良患起肠胃病来了。一病年余，由衰弱而发热，由发热而痉挛；家中上下，竟被一条小生命而累得精疲力尽；到了我出生后第三年的春夏之交，父亲也因此以病以死；在这里总算是悲剧的序幕结束了，此后便只是孤儿寡妇的正剧的上场。

几日西北风一刮，天上的鳞云，都被吹扫到东海里去了。太阳虽则消失了几分热力，但一碧的长天，却开大了笑口。富春江两岸的乌桕树，槭树，枫树，振脱了许多病叶，显出了更疏匀更红艳的秋社后的浓妆；稻田割起了之后的那一种和平的气象，那一种洁净沉寂，欢欣干燥的农村气象，就是立在县城这面的江上，远远望去，也感觉得出来。那一条流绕在县城东南的大江哩，虽因无潮而杀了水势，比起春夏时候的水量来，要浅到丈把高的高度，但水色却澄清了，澄清得可以照见浮在水面上的鸭嘴的斑纹。从上江开下来的运货船只，这时候特别的多，风帆也格外的饱；狭长的白点，水面上一条，水底下一条，似飞云也似白象，以青红的山，深蓝的天和水做了背景，悠闲地无声地在江面上滑走。水边上在那里看船行，摸鱼虾，采被水冲洗得很光洁的白石，挖泥沙造城池的小孩们，都拖着了小小的影子，在这一个午饭之前的几刻钟里，鼓动他们的四肢，竭尽他们的气力。

离南门码头不远的一块水边大石条上，这时候也坐着一个五六岁的小孩，头上养着了一圈罗汉发，身上穿了青粗布的棉袍子，在太阳里张着眼望江中间来往的帆樯。就在他的前面，在贴近水际的一块青石上，有一位十五六岁象是人家的使婢模样的女子，跪着在那里淘米洗菜。这相貌清瘦的孩子，既不下来和其他的同年辈的小孩们去同玩，也不愿意说话似地只沉默着在看远处。等那女子洗完菜后，站起来要走，她才笑着问了他一声说："你肚皮饿了没有？"他一边在石条上立起，预备着走，一边还在凝视着远处默默地摇了摇头。倒是这女子，看得他有点可怜起来了，就走近去握着了他的小手，弯腰轻轻地向他耳边说："你在惦记着你的娘么？她是明后天就快回来了！"这小孩才回转了头，仰起来向她露了一脸很悲凉很寂寞的苦笑。

　　这相差十岁左右，看去又象姊弟又象主仆的两个人，慢慢走上了码头，走进了城垛；沿城向西走了一段，便在一条南向大江的小衖里走进去了。他们的住宅，就在这条小衖中的一条支衖里头，是一间旧式三开间的楼房。大门内的大院子里，长着些杂色的花木，也有几只大金色缸沿墙摆在那里。时间将近正午了，太阳从院子里晒上了向南的阶檐。这小孩一进大门，就跑步走到了正中的那间厅上，向坐在上面念经的一位五六十岁的老婆婆问说：

　　"奶奶，娘就快回来了么？翠花说，不是明天，后天总可以回来的，是真的么？"

　　老婆婆仍在继续着念经，并不开口说话，只把头点了两点。小孩子似乎是满足了，歪了头向他祖母的扁嘴看了一息，看看这一篇她在念着的经正还没有到一段落，祖母的开口说话，是还有几分钟好等的样子，他就又跑入厨下，去和翠花作伴去了。

　　午饭吃后，祖母仍在念她的经，翠花在厨下收拾食器；随时有几声洗锅子泼水碗相击的声音传过来外，这座三开间的大楼和大楼外的大院子里，静得同在坟墓里一样。太阳晒满了东面的半个院子，有几匹寒蜂和耐得起冷的蝇子，在花木里微鸣蠢动。靠阶檐的一间南房内，也照进了太阳光，那小孩只静悄悄地在一张铺着被的藤榻上坐着,翻看几本刘永福镇台湾,日本蛮子桦山总督被擒的石印小画本。

等翠花收拾完毕,一盆衣服洗好,想叫了他再一道的上江边去敲濯的时候,他却早在藤榻的被上,和衣睡着了。

这是我所记得的儿时生活。两位哥哥,因为年纪和我差得太远,早就上离家很远的书塾去念书了,所以没有一道玩的可能。守了数十年寡的祖母,也已将人生看穿了,自我有记忆以来,总只看见她在动着那张没有牙齿的扁嘴念佛念经。自父亲死后,母亲要身兼父职了,入秋以后,老是不在家里;上乡间去收租谷是她,将谷托人去舂成米也是她,雇了船,连柴带米,一道运回城里来也是她。

在我这孤独的童年里,日日和我在一处,有时候也讲些故事给我听,有时候也因我脾气的古怪而和我闹,可是结果终究是非常痛爱我的,却是那一位忠心的使婢翠花。她上我们家里来的时候,年纪正小得很,听母亲说,那时候连她的大小便,吃饭穿衣,都还要大人来侍候她的。父亲死后,两位哥哥要上学去,母亲要带了长工到乡下去料理一切,家中的大小操作,全赖着当时只有十几岁的她一双手。

只有孤儿寡妇的人家,受邻居亲戚们的一点欺凌,是免不了的;凡我们家里的田地盗卖了,堆在乡下的租谷等被窃去了,或祖坟山的坟树被砍了的时候,母亲去争夺不转来,最后的出气,就只是在父亲像前的一场痛哭。母亲哭了,我是当然也只有哭,而将我抱入怀里,时用柔和的话来慰抚我的翠花,总也要泪流得满面,恨死了那些无赖的亲戚邻居。

我记得有一次,也是将近吃中饭的时候了,母亲不在家,祖母在厅上念佛,我一个人从花坛边的石阶上,站了起来,在看大缸里的金鱼。太阳光漏过了院子里的树叶,一丝一丝的射进了水,照得缸里的水藻与游动的金鱼,和平时完全变了样子。我于惊叹之余,就伸手到了缸里,想将一丝一丝的日光捉起,看它一个痛快。上半身用力过猛,两只脚浮起来了,心里一慌,头部胸部就颠倒浸入到了缸里的水藻之中。我想叫,但叫不出声来,将身体挣扎了半天,以后就没有了知觉。等我从梦里醒转来的时候,已经是晚上了,一睁开眼,我只看见两眼哭得红肿的翠花的脸伏在我的脸上。我叫了一声"翠花!"她带着鼻音,轻轻的问我:"你看见我了么?你看得见我了么?要不要水喝?"我只觉得身上头上象有火在烧,叫她快点把盖在那里的棉被掀开。她又轻轻的止住我说:"不,不,野猫要来的!"我举目向煤油灯下一看,眼睛里起了花,一个一个的物体黑影,都变了相,真以为是身入了野猫的世界,就哗的一声大哭了起来。祖母、母亲,听见了我的哭声,也赶到房里来了,我只听见母亲吩咐翠花说:"你去吃夜饭去,阿官由我来陪他!"

翠花后来嫁给了一位我小学里的先生去做填房,生了儿女,做了主母。现在也已经有了白发,成了寡妇了。前几年,我回家去,看见她刚从乡下挑了一担老玉米之类的土产来我们家里探望我的老母。和她已经有二十几年不见了,她突然看见了我,先笑了一阵,后来就哭了起来。我问她的儿子,就是我的外甥有没有和她一起进城来玩,她一边擦着眼泪,一边还向布裙袋里摸出了一个烤白芋来给我吃。我笑着接过来了,边上的人也大家笑了起来,大约我在她的眼里,总还只是五六岁的一个孤独的孩子。

我的梦，我的青春
——自传之二

不晓得是在那一本俄国作家的作品里，曾经看到过一段写一个小村落的文字，他说："譬如有许多纸折起来的房子，摆在一段高的地方，被大风一吹，这些房子就歪歪斜斜地飞落到了谷里，紧挤在一道了。"前面有一条富春江绕着，东西北的三面尽是些小山包住的富阳县城，也的确可以借了这一段文字来形容。

虽则是一个行政中心的县城，可是人家不满三千，商店不过百数；一般居民，全不晓得做什么手工业，或其他新式生产事业，所靠以度日的，有几家自然是祖遗的一点田产，有几家则专以小房子出租，在吃两元三元一月的租金；而大多数的百姓，却还是既无恒产，又无恒业，没有目的，没有计划，只同蟑螂似的在那里出生，死亡，繁殖下去。

这些蟑螂的密集之区，总不外乎两处地方；一处是三个铜子一碗的茶店，一处是六个铜子一碗的小酒馆。他们在那里从早晨坐起，一直可以坐到晚上上排门的时候；讨论柴米油盐的价格，传播东邻西舍的新闻，为了一点不相干的细事，譬如说罢，甲以为李德泰的煤油只卖三个铜子一提，乙以为是五个铜子两提的话，双方就会得争论起来；此外的人，也马上分成甲党或乙党提出证据，互相论辩；弄到后来，也许相打起来，打得头破血流，还不能够解决。

因此，在这么小的一个县城里，茶店酒馆，竟也有五六十家之多，于是大部分的蟑螂，就家里可以不备面盆手巾，桌椅板凳，饭锅碗筷等日常用具，而悠悠地生活过去了。离我们家里不远的大江边上，就有这样的两处蟑螂之窟。

在我们的左面，住有一家砍砍柴，卖卖菜，人家死人或娶亲，去帮帮忙跑跑腿的人家。他们的一族，男女老少的人数很多很多，而住的那一间屋，却只比牛栏马槽大了一点。他们家里的顶小的一位苗裔年纪比我大一岁，名字叫阿千，冬天穿的是同伞似的一堆破絮，夏天，大半身是光光地裸着的；因而皮肤黝黑，臂膀粗大，脸上也象是生落地之后，只洗了一次的样子。他虽只比我大了一岁，但是跟了他们屋里的大人，茶店酒馆日日去上，婚丧的人家，也老在进出；打起架吵起嘴来，尤其勇猛。我每天见他从我们的门口走过，心里老在羡慕，以为他又上茶店酒馆去了，我要到什么时候，才可以同他一样的和大人去夹在一道呢！而他的出去和回来，不管是在清早或深夜，我总没有一次不注意到的，因为他的喉音很大，有时候一边走着，一边在绝叫着和大人谈天，若只他一个人的时候哩，总在噜苏地唱戏。

当一天的工作完了,他跟了他们家里的大人,一道上酒店去的时候,看见我欣羡地立在门口,他原也曾邀约过我但一则怕母亲要骂,二则胆子终于太小,经不起那些大人的盘问笑说,我总是微笑着摇摇头,就跑边屋里去躲开了,为的是上茶酒店去的诱惑性,实在强不过。

有一天春天的早晨,母亲上父亲的坟头去扫墓去了,祖母也一侵早上了一座远在三四里路外的庙里去念佛。翠花在灶下收拾早餐的碗筷,我只一个人立在门口,看有淡云浮着的青天。忽而阿千唱着戏,背着钩刀和小扁担绳索之类,从他的家里出来,看了我的那种没精打采的神气,他就立了下来和我谈天,并且说:

"鹳山后面的盘龙山上,映山红开得多着哩;并且还有乌米饭(是一种小黑果子),彤管子(也是一种刺果),刺莓等等,你跟了我来罢,我可以采一大堆给你。你们奶奶,不也在北面山脚下的真觉寺里念佛么?等我砍好了柴,我就可以送你上寺里去吃饭去。"

阿千本来是我所崇拜的英雄,而这一回又只有他一个人去砍柴,天气那么的好,今天侵早祖母出去念佛的时候,我本是嚷着要同去的,但她因为怕我走不动,就把我留下了。现在一听到了这一个提议,自然是心里急跳了起来,两只脚便也很轻松地跟他出发了,并且还只怕翠花要出来阻挠,跑路跑得比平时只有得快些。出了衙堂，向东沿着江，一口气跑出了县城之后，天地宽广起来了，我的对于这一次冒险的惊惧之心就马上被大自然的威力所压倒。这样问问，那样谈谈，阿千真象是一部小小的自然界的百科大辞典；而到盘龙山脚去的一段野路，便成了我最初学自然科学的模范小课本。

麦已经长得有好几尺高了，麦田里的桑树，也都发出了绒样的叶芽。晴天里舒叔叔的一声飞鸣过去的，是老鹰在觅食；树枝头吱吱喳喳，似在打架又象是在谈天的，大半是麻雀之类；远处的竹林丛里，既有抑扬，又带余韵，在那里歌唱的，才是深山的画眉。

上山的路旁，一拳一拳象小孩子的拳头似的小草，长得很多；拳的左右上下，满长着了些绛黄的绒毛，仿佛是野生的虫类，我起初看了，只在害怕，走路的时候，若遇到一丛，总要绕一个弯，让开它们，但阿千却笑起来了，他说：

"这是薇蕨，摘了去，把下面的粗干切了，炒起来吃，味道是很好的哩！"

渐走渐高了，山上的青红杂色，迷乱了我的眼目。日光直射在山坡上，从草木泥土里蒸发出来的一种气息，使我呼吸感到了困难，阿千也走得热起来了，把他的一件破夹袄一脱，丢向了地下。教我在一块大石上坐下息着，他一个人穿了一件小衫唱着戏去砍柴采野果去了；我回身立在石上，向大江一看，又深深地深深地得到了一种新的惊异。

这世界真大呀！那宽广的水面！那澄碧的天空！那些上下的船只，究竟是从那里来，上那里去的呢？

我一个人立在半山的大石上，近看看有一层阳炎在颤动着的绿野桑田，远看看天和水以及淡淡的青山，渐听得阿千的唱戏声音幽下去远下去了，心里就莫名其妙的起了一种渴望与愁思。我要到什么时候才能大起来呢？我要到什么时候才可以到这象在天边似的远处去呢？到了天边，那么我的家呢？我的家里的人呢？同时感到了对远处的遥念与对乡井的离愁，眼角里便自然而然地涌出了热泪。到后来，脑子也昏乱了，眼睛也模糊了，我只呆呆的立在那块大石上的太阳里做幻梦。我梦见有一只揩擦得很洁净的船，船上面张着了一面很大很饱满的白帆，我和祖母母亲翠花阿千等都在船上，吃着东西，唱着戏，顺流下去，到了一处不相识的地方。我又梦见城里的茶店酒馆，都搬上山来了，我和阿千便在这山上的酒馆里大喝大嚷，旁边的许多大人，都在那里惊奇仰视。

这一种接连不断的白日之梦，不知做了多少时候，阿千却背了一捆小小的草柴，和一包刺莓映山红乌米饭之类的野果，回到我立在那里的大石边来了；他脱下了小衫，光着了脊肋，那些野果就系包在他的小衫里面的。

他提议说，时候不早了，他还要砍一捆柴，且让我们吃着野果，先从山腰走向后山去罢，因为前山的草柴，已经被人砍完，第二捆不容易采刮拢来了。

慢慢地走到了山后，山下的那个真觉寺的钟鼓声音，早就从春空里传送到了我们的耳边，并且一条青烟，也刚从寺后的厨房里透出了屋顶。向寺里看了一眼，阿千就放下了那捆柴，对我说：

"他们在烧中饭了，大约离吃饭的时候也不很远，我还是先送你到寺里去罢！"

我们到了寺里，祖母和许多同伴者的念佛婆婆，都张大了眼睛，惊异了起来。阿千走后，她们就开始问我这一次冒险的经过，我也感到了一种得意，将如何出城，如何和阿千上山采集野果的情形，说得格外的详细。后来坐上桌去吃饭的时候，有一位老婆婆问我："你大了，打算去做些什么？"我就毫不迟疑地回答她说："我愿意去砍柴！"

故乡的茶店酒馆，到现在还在风行热闹，而这一位茶店酒馆里的小英雄，初次带我上山去冒险的阿千，却在一年涨大水的时候，喝醉了酒，淹死了。他们的家族，也一个个地死的死，散的散，现在没有生存者了，他们的那一座牛栏似的房屋，已经换过了两三个主人。时间是不饶人的，盛衰起灭也绝对地无常的：阿千之死，同时也带去了我的梦，我的青春！

书塾与学堂
——自传之三

从前我们学英文的时候,中国自己还没有教科书,用的是一册英国人编了预备给印度人读的同纳氏文法是一路的读本。这读本里,有一篇说中国人读书的故事。插画中画着一位年老背曲拿烟管带眼镜拖辫子的老先生坐在那里听学生背书,在这先生前面背书的,也是一位拖着长辫的小后生。不晓为什么原因,这一课的故事,对我印象特别的深,到现在找还约略谙诵得出来。里面曾说到中国人读书的奇习,说:"他们无论读书背书时,总要把身体东摇西扫,摇动得象一个自鸣钟的摆。"这一种读书背书时摇摆身体的作用与快乐,大约是没有在从前的中国书塾里读书的人所永不能了解的。

我的初上书塾去念书的年龄,却说不清楚了,大约总在七八岁的样子;只记得有一年冬天的深夜,在烧年纸的时候,我已经有点朦胧想睡了,尽在擦眼睛,打呵欠,忽而门外来了一位提着灯笼的老先生,说是来替我开笔的。我跟着他上了香,对孔子的神位行了三跪九叩之礼;立起来就在香案前面的一张桌上写了一张上大人的红字,念了四句"人之初,性本善"的《三字经》。第二年的春天，我就夹着绿布书包，拖着红丝小辫，摇摆着身体，成了那册英文读本里的小学生的样子了。

经过了三十余年的岁月，把当时的苦痛，一层层地摩擦干净，现在回想起来，这书塾里的生活，实在是快活得很。因为要早晨坐起一直坐到晚的缘故，可以助消化，健身体的运动，自然只有身体的死劲摇摆与放大喉咙的高叫了。大小便，是学生们监禁中暂时的解放，故而厕所就变作了乐园。我们同学中间的一位最淘气的，是学官陈老师的儿子，名叫陈方；书塾就系附设在学宫里面的。陈方每天早晨，总要大小便十二三次，后来弄得先生没法，就设下了一枝令签，凡须出塾上厕所的人，一定要持签而出；于是两人同去，在厕所里捣鬼的弊端革去了，但这令签的争夺，又成了一般学生们的唯一的娱乐。

陈方比我大四岁，是书塾里的头脑；象春香闹学似的把戏，总是由他发起，由许多虾兵蟹将来演出的，因而先生的挞伐，也以落在他一个人的头上者居多。不过同学中间的有几位狡猾的人，委过于他，使他冤枉被打的事情也着实不少；他明知道辩不清的，每次替人受过之后，总只张大了两眼，滴落几滴大泪点，摸摸头上的痛处就了事。我后来进了当时由书院改建的新式的学堂，而陈方也因他父亲的去职而他迁，一直到现在，还不曾和他有第二次见面的机会；这机会大约是永也不会再来了，因为国共分家的当日，在香港仿佛曾听见人说超过他，说他的那一种惨死的样子，简直和杜格纳夫所描写的卢亭，完全是一样。

由书塾而到学堂！这一个转变，在当时的我的心里，比从天上飞到地上，还要来得大而且奇。其中的最奇之处，是我一个人，在全校的学生当中，身体年龄，都属最小的一点。

当时的学堂，是一般人的崇拜和惊异的目标。将书院的旧考棚撤去了几排，一间象鸟笼似的中国式洋房造成功的时候，甚至离城有五六十里路远的乡下人，都成群结队，带了饭包雨伞，走进城来挤看新鲜。在校舍改造成功的半年之中，"洋学堂"的三个字，成了茶店酒馆，乡村城市里的谈话的中心；而穿着奇形怪状的黑斜纹布制服的学堂生，似乎都是万能的张天师，人家也在侧目而视，自家也在暗鸣得意。

县卫唯一的这县立高等小学堂的堂长，更是了不得的一位大人物，进进出出，用的是蓝呢小轿；知县请客，总少不了他。每月第四个礼拜六下午作文课的时候，县官若来监课，学生们特别有两个肉馒头好吃；有些住在离城十余里的乡下的学生，于文课作完后回家的包裹里，往往将这两个肉馒头包得好好，带回乡下去送给邻里尊长，并非想学颖考叔的纯孝，却因为这肉馒头是学堂里的东西，而又出于知县官之所赐，吃了是可以驱邪启智的。

实际上我的那一班学堂里的同学，确有几位是进过学的秀才，年龄都在三十左右；他们穿起制服来，因为背形微驼，样子有点不大雅观，但穿了袍子马褂，摇摇摆摆走回乡下去的态度，却另有着一种堂皇严肃的威仪。

初进县立高等小学堂的那一年年底，因为我的平均成绩，超出了八十分以上，突然受了堂长和知县的提拔，令我和四位其他的同学跳过了一班，升入了高两年的级里；这一件极平常的事情，在县城里居然也耸动了视听，而在我们的家庭里，却引起了一场很不小的风波。

是第二年春天开学的时候了，我们的那位寡母，辛辛苦苦，调集了几块大洋的学费书籍费缴进学堂去后，我向她又提出了一个无理的要求，硬要她去为我买一双皮鞋来穿。在当时的我的无邪的眼里，觉得在制服下穿上一双皮鞋，挺胸伸脚，得得得得地在石板路上走去，就是世界上最光荣的事情；跳过了一班，升进了一级的我，非要如此打扮，才能够压服许多比我大一半年龄的同学的心。为凑集学费之类，已经罗掘得精光的我那位母亲，自然是再也没有两块大洋的余钱替我去买皮鞋了，不得已就只好老了面皮，带着了我，上大街上的洋广货店里去赊去；当时的皮鞋，是由上海运来，在洋广货店里寄售的。

一家，两家，三家，我跟了母亲，从下街走起，一直走到了上街尽处的那一家隆兴字号。店里的人，看我们进去，先都非常客气，摸摸我的头，一双一双的皮鞋拿出来替我试脚，但一听到了要赊欠的时候,却同样地都白了眼,作一脸苦笑,说要去问账房先生的。而各个账房先生,又都一样地板起了脸,放大了喉咙,说是赊欠不来。到了最后那一家隆兴里,惨遭拒绝赊欠的一瞬间,母亲非但涨红了脸,我看见她的眼睛,也有点红起来了。不得已只好默默地旋转了身,走出了店;我也并无言语,跟在她的后面走回家来。到了家里,她先掀着鼻涕,上楼去了半天,后来终于带了一大包衣服,走下楼来了,我晓得她是将从后门走出,上当铺去以衣服抵押现钱的;这时候,我心酸极了,哭着喊着,赶上了后门边把她拖住,就绝命的叫说:

"娘,娘!您别去罢!我不要了,我不要皮鞋穿了!那些店家!那些可恶的店家!"

我拖住了她跪向了地下,她也呜呜地放声哭了起来。两人的对泣,惊动了四邻,大家都以为是我得罪了母亲,走拢来相劝。我愈听愈觉得悲哀,母亲也愈哭愈是厉害,结果还是我重赔了不是,由间壁的大伯伯带走,走上了他们的家里。

自从这一次的风波以后,我非但皮鞋不着,就是衣服用具,都不想用新的了。拼命的读书,拼命的和同学中的贫苦者相往来,对有钱的人,经商的人仇视等,也是从这时候而起的。当时虽还只有十一二岁的我,经了这一番波折,居然有起者成人的样子来了,直到现在,觉得这一种怪癖的性格,还是改不转来。

到了我十三岁的那一年冬天,是光绪三十四年,皇帝死了;小小的这富阳县里,也来了哀诏,发生了许多议论。熊成基的安徽起义,无知幼弱的溥仪的入嗣,帝室的荒淫,种族的歧异等等,都从几位看报的教员的口里,传入了我们的耳朵。而对于我印象最深的,是一位国文教员拿给我们看的报纸上的一张青年军官的半身肖像。他说,这一位革命义士,在哈尔滨被捕,在吉林被满清的大员及汉族的卖国奴等生生地杀掉了;我们要复仇,我们要努力用功。所谓种族,所谓革命,所谓国家等等的概念,到这时候,才隐约地在我脑里生了一点儿根。

水样的春愁
——自传之四

洋学堂里的特殊科目之一，自然是伊利哇拉的英文。现在回想起来，虽不免有点觉得好笑，但在当时，杂在各年长的同学当中，和他们一样地曲着背，耸着肩，摇摆着身体，用了读《古文辞类纂》的腔调，高声朗诵着皮衣啤，皮哀排的精神，却真是一点儿含糊苟且之处都没有的。初学会写字母之后，大家所急于想一试的，是自己的名字的外国写法；于是教英文的先生，在课余之暇就又多了一门专门学生拼英文名字的工作。有几位想走捷径的同学，并且还去问过先生，外国百家姓和外国三字经有没有得买的？先生笑着回答说，外国百家姓和三字经，就只有你们在读的那一本泼刺玛的时候，同学们于失望之余，反更是皮哀排，成衣啤地叫得起劲。当然是不用说的，学英文还没有到一个礼拜，几本当教科书用的《十三经注疏》，《御批通鉴辑览》的黄封面上，大家都各自用墨水笔题上了英文拼的歪斜的名字。又进一步，便是用了异样的发音，操英文说着"你是一只狗"，"我是你的父亲"之类的话，大家互讨便宜的混战；而实际上，有几位乡下的同学，却已经真的是两三个小孩子的父亲了。

因为一班之中，我的年龄算最小，所以自修室里，当监课的先生走后，另外的同学们在密语着哄笑着的关于男女的问题，我简直一点儿也感不到兴趣。从性知识发育落后的一点上说，我确不得不承认自己是一个最低能的人。又因自小就习于孤独，困于家境的结果，怕羞的心，畏缩的性，更使我的胆量，变得异常的小。在课堂上，坐在我左边的一位同学，年纪只比我大了一岁，他家里有几位相貌长得和他一样美的姊妹，并且住得也和学堂很近很近。因此，在校里，他就是被同学们苦缠得最厉害的一个；而礼拜天或假日，他的家里，就成了同学们的聚集的地方。当课余之暇，或放假期里，他原也恳切地邀过我几次，邀我上他家里去玩去；但形秽之感，终于把我的向往之心压住，曾有好几次想决心跟了他上他家去，可是到了他们的门口，却又同罪犯似的逃了。他以他的美貌，以他的财富和姊妹，不但在学堂里博得了绝大的声势，就是在我们那小小的县城里，也赢得了一般的好誉。而尤其使我羡慕的，是他的那一种对同我们是同年辈的异性们的周旋才略，当时我们县城里的几位相貌比较艳丽一点的女性，个个是和他要好的，但他也实在真胆大，真会取巧。

当时同我们是同年辈的女性，装饰入时，态度豁达，为大家所称道的，有三个。一个是一位在上海开店，富甲一邑的商人赵某的侄女；她住得和我最近。还有两个，也是比较富有的中产人家的女儿，在交通不便的当时，已经各跟了她们京里的亲戚，到杭州上海等地方去跑跑了；她们俩，却都是我那位同学的邻居。这三个女性的门前，当傍晚的时候，或月明的中夜，老有一个一个的黑影在徘徊；这些黑影的当中，有不少却是我们的同学。因为每到礼拜一的早晨。没有上课之先，我老听见有同学们在操场上笑说在一道，并且时时还高声地用着英文作了隐语，如"我看见她了！""我听见她在读书"之类。而无论在什么地方于什么时候的凡关于这一类的谈话的中心人物，总是课堂上坐在我的右边，年龄只比我大一岁的那一位天之骄子。

　　赵家的那位少女，皮色实在细白不过，脸形是瓜子脸；更因为她家里有了几个钱，而又时常上上海她叔父那里去走动的缘故，衣服式样的新异，自然可以不必说，就是做衣服的材料之类，也都是当时未开通的我们所不曾见过的。她们家里，只有一位寡母和一个年轻的女仆，而住的房子却很大很大。门前是一排柳树，柳树下还杂种着些鲜花；对面的一带红墙，是学宫的泮水围墙，泮池上的大树，枝叶垂到了墙外，红绿便映成着一色。当浓春将过，首夏初来的春三四月，脚踏着日光下石砌路上的树影，手捉着扑面飞舞的扬花，到这一条路上去走走，就是没有什么另外的奢望，也很有点象梦里的游行，更何况楼头窗里，时常会有那一张少女的粉脸出来向你抛一眼两眼的低眉斜视呢！

此外的两个女性，相貌更是完整，衣饰也尽够美丽，并且因为她俩的住址接近，出来总在一道，平时在家，也若在一处，所以胆子也大，认识的人也多。她们在二十余年前的当时，已经是开放得很，有点象观代的自由女子了，因而上她们家里去鬼混，或到她们门前去守望的青年，数目特别的多，种类也自然要杂。

我虽则胆量很小，性知识完全没有，并且也有点过分的矜持，以为成日地和女孩子们混在一道；是读书人的大耻，是没出息的行为；但到底还是一个亚当的后裔，喉头的苹果，怎么也吐它不出咽它不下，同北方厚雪地下的细草萌芽一样，到得冬来，自然也难免得有些望春之意；老实说将出来，我偶尔在路上遇见她们中间的无论那一个，或凑巧在她们门前走过一次的时候，心里也着实有点儿难受。

住在我那同学邻近的两位，因为距离的关系，更因为她们的处世知识比我长进，人生经验比我老成得多，和我那位同学当然是早已有过纠葛，就是和许多不是学生的青年男子，也各已有了种种的风说，对于我虽象是一种含有毒汁的妖艳的花，诱惑性或许格外的强烈，但明知我自己决不是她们的对手，平时不过于遇见的时候有点难为情的样子，此外倒也没有什么了不得的思慕，可是那一位赵家的少女，却整整地恼乱了我两年的童心。

我和她的住处比较得近，故而三日两头，总有着见面的机会。见面的时候,她或许是无心,只同对于其他的同年辈的男孩子打招呼一样,对我微笑一下,点一点头,但在我却感得同犯了大罪被人发觉了的样子,和她见面一次,马上要变得头昏耳热,胸腔里的一颗心突突地总有半个钟头好跳。因此,我上学去或下课回来,以及平时在家或出外去的时候,总无时无刻不在留心,想避去和她的相见。但遇到了她,等她走过去后,或用功用得很疲乏把眼睛从书本子举起的一瞬间,心里又老在盼望,盼望着她再来一次,再上我的眼面前来立着对我微笑一脸。

有时候从家中进出的人的口里传来,听说"她和她母亲又上上海去了,不知要什么时候回来?"我心里会同时感到一种象释重负又象失去了什么似的忧虑,生怕她从此一去,将永久地不回来了。

同芭蕉叶似地重重包裹着的我这一颗无邪的心,不知在什么地方,透露了消息,终于被课堂上坐在我左边的那位同学看穿了。一个礼拜六的下午,落课之后,他轻轻地拉着了我的手对我说:"今天下午,赵家的那个小丫头,要上倩儿家去,你愿不愿意和我同去一道玩儿?"这里所说的倩儿,就是那两位他邻居的女孩子之中的一个的名字。我听了他的这一句密语,立时就涨红了脸,喘急了气,嗫嚅着说不出一句话来回答他,尽在拼命的摇头,表示我不愿意去,同时眼睛里也水汪汪地想哭出来的样子;而他却似乎已经看破了我的隐衷,得着了我的同意似地用强力把我拖出了校门。

到了倩儿她们的门口,当然又是一番争执,但经他大声的一喊,门里的三个女孩,却同时笑着跑出来了;已经到了她们的面前,我也没有什么别的办法了,自然只好俯着首,红着脸,同被绑赴刑场的死刑囚似地眼她们到了室内。经我那位同学带了滑稽的声调将如何把我拖来的情节说了一遍之后,她们接着就是一阵大笑。我心里有点气起来了,以为她们和他在侮辱我,所以于羞愧之上,又加了一层怒意。但是奇怪得很,两只脚却软落来了,心里虽在想一溜跑走,而腿神经终于不听命令。跟她们再到客房里去坐下,看他们四人捏起了骨牌,我连想跑的心思也早已忘掉,坐将在我那位同学的背后,眼睛虽则时时在注视着牌,但间或得着机会,也着实向她们的脸部偷看了许多次数。等她们的输赢赌完,一餐东道的夜饭吃过,我也居然和她们伴熟,有说有笑了。临走的时候,倩儿的母亲还派了我一个差使,点上灯笼,要我把赵家的女孩送回家去。自从这一回后,我也居然入了我那同学的伙,不时上赵家和另外的两女孩家去进出了;可是生来胆小,又加以毕业考试的将次到来,我的和她们的来往,终没有象我那位同学似的繁密。

正当我十四岁的那一年春天(一九〇九,宣统元年己酉),是旧历正月十三的晚上,学堂里于白天给与了我以毕业文凭及增生执照之后,就在大厅上摆起了五桌送别毕业生的酒宴。这一晚的月亮好得很,天气也温暖得象二三月的样子。

满城的爆竹，是在庆祝新年的上灯佳节，我干喝了几杯酒后，心里也感到了一种不能抑制的欢欣。出了校门，踏着月亮，我的双脚，便自然而然地走向了赵家。她们的女仆陪她母亲上街去买蜡烛水果等过元宵的物品去了，推门进去，我只见她一个人拖着了一条长长的辫子，坐在大厅上的桌子边上洋灯底下练习写字。听见了我的脚步声音，她头也不朝转来，只曼声地问了一声"是谁"？我故意屏着声，提着脚，轻轻地走上了她的背后，一使劲一口就把她面前的那盏洋灯吹灭了。月光如潮水似地浸满了这一座朝南的大厅，她于一声高叫之后，马上就把头朝了转来。我在月光里看见了她那张大理石似的嫩脸，和黑水晶似的眼睛，觉得怎么也熬忍不住了，顺势就伸出了两只手去，捏住了她的手臂。两人的中间，她也不发一语，我也并无一言，她是扭转了身坐着，我是向她立着的。她只微笑着看看我看看月亮，我也只微笑着看看她看看中庭的空处，虽然此外的动作，轻薄的邪念，明显的表示，一点儿也没有，但不晓怎样一股满足，深沉，陶醉的感觉，竟同四周的月光一样，包满了我的全身。

　　两人这样的在月光里沉默着相对，不知过了多久，终于她轻轻地开始说话了："今晚上你在喝酒？""是的，是在学堂里喝的。"到这里我才放开了两手，向她边上的一张椅子里坐了下去。"明天你就要上杭州去考中学去么？"停了一会，她又轻轻地问了一声。"嗳，是的，明朝坐快班船去。"两人又沉默着，不知坐了几多时候，忽听见门外头她母亲和女仆说话的声音渐渐儿的近了，她于是就忙着立起来擦洋火，点上了洋灯。

她母亲进到了厅上，放下了买来的物品，先向我说了些道贺的话，我也告诉了她，明天将离开故乡到杭州去；谈不上半点钟的闲话，我就匆匆告辞出来了。在柳树影里披了月光走回家来，我一边回味着刚才在月光里和她两人相对时的沉醉似的恍惚，一边在心的底里，忽儿又感到了一点极淡极淡，同水一样的春愁。

1935年1月5日

远一程,再远一程
——自传之五

自富阳到杭州,陆路驿程九十里,水道一百里;三十多年前头,非但汽车路没有,就是钱塘江里的小火轮,也是没有的。那时候到杭州去一趟,乡下人叫作充军,以为杭州是和新疆伊犁一样的远,非犯下流罪,是可以不去的极边。因而到杭州去之先,家里非得供一次祖宗,虔诚祷告一番不可,意思是要祖宗在天之灵,一路上去保护着他们的子孙。而邻里戚串,也总都来送行,吃过夜饭,大家手提着灯笼,排成一字,沿江送到夜航船停泊的埠头,齐叫着"顺风!顺风!"才各回去。摇夜航船的船夫,也必在开船之先,沿江绝叫一阵,说船要开了,然后再上舵梢去烧一堆纸帛,以敬神明,以赂恶鬼。当我去杭州的那一年,交通已经有一点进步了,于夜航船之外,又有了一次日班的快班船。

因为长兄已去日本留学,二兄入了杭州的陆军小学堂,年假是不放的,祖母母亲,又都是女流之故,所以陪我到杭州去考中学的人选,就落到了一位亲戚的老秀才的头上。这一位老秀才的迂腐迷信,实在要令人吃惊,同时也可以令人起敬。他于早餐吃了之后，带着我先上祖宗堂前头去点了香烛，行了跪拜，然后再向我祖母母亲，作了三个长揖；虽在白天，也点起了一盏仁寿堂郁的灯笼，临行之际，还回到祖宗堂面前辛拔起了三株柄香和灯笼一道捏在手里。祖母为忧虑着我这一个最小的孙子，也将离乡别井，远去杭州之故，三日前就愁眉不展，不大吃饭不大说话了；母亲送我们到了门口，"一路要……顺风……顺风！……"地说了半句未完的话，就跑回到了屋里去躲藏，因为出远门是要吉利的，眼泪决不可以教远行的人看见。

船开了，故乡的城市山川，高低摇晃着渐渐儿退向了后面；本来是满怀着希望，兴高采烈在船舱里坐着的我，到了县城极东面的几家人家也看不见的时候，鼻子里忽而起了一阵酸溜。正在和那老秀才谈起的作诗的话，也只好突然中止了，为遮掩着自己的脆弱起见，我就从网篮里拿出了几册《古唐诗合解》来读。但事不凑巧，信手一翻，恰正翻到了"离家日趋远，衣带日趋缓，心思不能言，肠中车轮转"的几句古歌，书本上的字迹模糊起来了，双颊上自然止不住地流下了两条冷冰冰的眼泪。歪倒了头，靠住了舱板止的一卷铺盖，我只能装作想睡的样子。但是眼睛不闭倒还好些，等眼睛一闭拢来，脑子里反而更猛烈地起了狂飙。我想起了祖母母亲，当我走后的那一种孤冷的情形；我又想起了在故乡城里当这一忽儿的大家的生活起居的样子，在一种每日习熟的周围环境之中，却少了一个"我"了,太阳总依旧在那里晒着,市街上总依旧是那么热闹的;最后,我还想起了赵家的那个女孩,想起了昨晚上和她在月光里相对的那一刻的春宵。

少年的悲哀,毕竟是易消的春雪;我躺下身体,闭上眼睛,流了许多暗泪之后,弄假成真,果然不久就呼呼地熟睡了过去。等那位老秀才摇我醒来,叫我吃饭的时候,船却早已过了渔山,就快入钱塘的境界了。几个钟头的安睡,一顿饱饭的快哚,和船篷外的山水景色的变换,把我满抱的离愁,洗涤得干干净净,在孕实的风帆下引领远望着杭州的高山,和老秀才谈谈将来的日子,我心里又鼓起了一腔勇进的热意:"杭州在望了,以后就是不可限量的远大的前程!"

当时的中学堂的入学考试,比到现在,着实还要容易;我考的杭府中学,还算是杭州三个中学——其它的两个,是宗文和安定——之中,最难考的一个,但一篇中文,两三句英文的翻译,以及四题数学,只教有两小时的工夫,就可以缴卷了事的。等待发榜之前的几日闲暇,自然落得去游游山玩玩水,杭州自古是佳丽的名区,而西湖又是可以比得西子的销魂之窟。

三十年来,杭州的景物,也大变了;现在回想起来,觉得旧日的杭州,实在比现在,还要可爱得多。

那时候,自钱塘门里起,一直到涌金门内止,城西的一角,是另有一道雉墙围着的,为满人留守绿营兵驻防的地方,叫作旗营；平常是不大有人进去，大约门禁总也是很森严的无疑，因为将军以下，千总把总以上，参将，都司，游击，守备之类的将官，都住在里头。游湖的人，只有坐了轿子，出钱塘门，或到涌金门外去船的两条路；所以涌金门外临湖的颐园三雅园的几家茶馆，生意兴隆，座客常常挤满。而三雅园的陈设，实在也精雅绝伦，四时有鲜花的摆设，墙上门上，各有咏西湖的诗词屏幅联语等贴的贴挂的挂在那里。并且还有小吃，象煮空的豆腐干、白莲藕粉等，又是价廉物美的消闲食品。其次为游人所必到的，是城隍山了。四景园的生意，有时候比三雅园还要热闹，"城隍山上去吃酥油饼"这一句俗话，当时是无人不晓得的一句隐语，是说乡下人上大菜馆要做洋盘的意思。而酥油饼的价钱的贵，味道的好，和吃不饱的几种特性，也是尽人皆知的事实。

　　我从乡下初到杭州，而又同大观园里的香菱似地刚在私私地学做诗词，一见了这一区假山盆景似的湖山，自然快活极了；日日和那位老秀才及第二位哥哥喝喝茶，爬爬山，等到榜发之后，要缴学膳费进去的时候，带来的几个读书资本，却早已消费了许多，有点不足了。在人地生疏的杭州，借是当然借不到的；二哥哥的陆军小学里每月只有二元也不知三元钱的津贴，自己做零用，还很勉强，更那里有余钱来为我弥补？

　　在旅馆里唉声叹气，自怨自艾，正想废学回家，另寻出路的时候，恰巧和我同班毕业的三位同学，也从富阳到杭州来了；他们是因为杭府中学难考，并且费用也贵，预备一道上学膳费比较便宜的嘉兴去进府中的。大家会聚拢来一谈一算，觉着我手头所有的钱，在杭州果然不够读半年书，但若上嘉兴去，则连来回的车费也算在内，足可以维持半年而有余。穷极计生，胆子也放大了，当日我就决定和他们一道上嘉兴去读书。

第二天早晨，别了哥哥，别了那位老秀才，和同学们一起四个，便上了火车，向东的上离家更远的嘉兴府去。在把杭州已经当作极边看了的当时，到了言语风习完全不同的嘉兴府后，怀乡之念，自然是更加得迫切。半年之中，当寝室的油灯灭了，或夜膳刚毕，操场上暗沉沉没有旁的同学在的地方，我二个人真不知流尽了多少的思家的热泪。

忧能伤人，但忧亦能启智；在孤独的悲哀里沉浸了半年，暑假中重回到故乡的时候，大家都说我长成得象一个大人了。事实上，因为在学堂里，被怀乡的愁思所苦扰，我没有别的办法好想，就一味的读书，一味的做诗。并且这一次自嘉兴回来，路过杭州，又住了一日，看看袋里的钱，也还有一点盈余，湖山的赏玩，当然不再去空费钱了，从梅花碑的旧书铺里，我竟买来了一大堆书。

这一大堆书里，对我的影响最大，使我那一年的暑假期，过得非常快活的，有三部书，一部是黎城靳氏的《吴诗集览》，因为吴梅村的夫人姓郁，我当时虽则还不十分懂得他的诗的好坏，但一想到他是和我们郁氏有姻戚关系的时候，就莫名其妙地感到了一种亲热。一部是无名氏编的《庚子拳匪始末记》，这一部书，从戊戌政变说起，说到六君子的被害，李莲英的受宠，联军的入京，圆明园的纵火等地方，使我满肚子激起了义愤。还有一部，是署名曲阜鲁阳生孔氏编定的《普天忠愤集》，甲午前后的章奏议论，诗词赋颂等慷慨激昂的文章，收集得很多；读了之后，觉得中国还有不少的人才在那里，亡国大约是不会亡的。而这三部书读后的一个总感想，是恨我出世得太迟了，前既不能见吴梅村那样的诗人，和他去做个朋友，后又不曾躬逢着甲午庚子的两次大难，去冲锋陷阵地尝一尝打仗的滋味。

这一年的暑假过后，嘉兴是不想再去了；所以秋期始业的时候，我就仍旧转入了杭府中学的一年级。

孤独者
——自传之六

里外湖的荷叶荷花,已经到了凋落的初期,堤边的杨柳,影子也淡起来了。几只残蝉,刚在告人以秋至的七月里的一个下午,我又带了行李,到了杭州。

因为是中途插班进去的学生,所以在宿舍里,在课堂上,都和同班的老学生们,仿佛是两个国家的国民。从嘉兴府中,转到了杭州府中,离家的路程,虽则是近了百余里,但精神上的孤独,反而更加深了!不得已,我只好把热情收敛,转向了内,固守着我自己的壁垒。

当时的学堂里的课程,英文虽也是重要的科目,但究竟还是旧习难除,中国文依旧是分别等第的最大标准。教国文的那一位桐城派的老将王老先生,于几次作文之后,对我有点注意起来了,所以进校后将近一个月光景的时候,同学们居然赠了我一个"怪物"的绰号;因为由他们眼里看来,这一个不善交际,衣装朴素,说话也不大会说的乡下蠢才,做起文章来,竟也会得压倒侪辈,当然是一件非怪物不能的天大的奇事。

杭州终于是一个省会,同学之中,大半是锦衣肉食的乡宦人家的子弟。因而同班中衣饰美好，肉色细白，举止娴雅，谈吐温存的同学，不知道有多少。而最使我惊异的，是每一个这样的同学，总有一个比他年长一点的同学，附随在一道的那一种现象。在小学里，在嘉兴府中里，这一种风气，并不是说没有，可是决没有象当时杭州府中那么的风行普遍。而有几个这样的同学，非但不以被视作女性为可耻，竟也有熏香傅粉，故意在装腔作怪，卖弄富有的。我对这一种情形看得真有点气，向那一批所谓Faoe的同学，当然是很明显地表示了恶感，就是向那些年长一点的同学，也时时露出了敌意；这么一来，我的"怪物"之名，就愈传愈广，我与他们之间的一条墙壁，自然也愈筑愈高了。

在学校里既然成了一个不入伙的孤独的游离分子，我的情感，我的时间与精力，当然只有钻向书本子去的一条出路。于是几个由零用钱里节省下来的仅少的金钱，就做了我的唯一娱乐积买旧书的源头活水。

那时候的杭州的旧书铺，都聚集在丰乐桥，梅花碑的两条直角形的街上。每当星期假日的早晨，我仰卧在床上，计算计算在这一礼拜里可以省下来的金钱，和能够买到的最经济最有用的册籍，就先可以得着一种快乐的预感。有时候在书店门前徘徊往复，稽延得久了，赶不上回宿舍来吃午饭，手里夹了书籍上大街羊汤饭店间壁的小面馆去吃一碗清面，心里可以同时感到十分的懊恨与无限的快慰。恨的是一碗清面的几个铜子的浪费，快慰的是一边吃面一边翻阅书本时的那一刹那的恍惚；这恍惚之情，大约是和哥伦布当发见新大陆的时候所感到的一样。

真正指示我以做诗词的门径的，是《留青新集》里的《沧浪诗话》和《白香词谱》。《西湖佳话》中的每一篇短篇，起码我总读了两遍以上。以后是流行本的各种传奇杂剧了，我当时虽则还不能十分欣赏它们的好处，但不知怎么，读了之后的那一种朦胧的回味，仿佛是当三春天气，喝醉了几十年陈的醇酒。

既与这些书籍发生了暧昧的关系，自然不免要养出些不自然的私生儿子！在嘉兴也曾经试过的稚气满幅的五七言诗句，接二连三地在一册红格子的作文簿上写满了；有时候兴奋得厉害，晚上还妨碍了睡觉。

模仿原是人生的本能，发表欲，也是同吃饭穿衣一样地强的青年作者内心的要求。歌不象歌诗不象诗的东西积得多了，第二步自然是向各报馆的匿名的投稿。

一封信寄出之后，当晚就睡不安稳了，第二天一早起来，就溜到阅报室去看报有没有送来。早餐上课之类的事情，只能说是一种日常行动的反射作用；舌尖上那里还感得出滋味？讲堂上更那里还有心思去听讲？下课铃一摇，又只是逃命似地向阅报室的狂奔。

第一次的投稿被采用的，记得是一首模仿宋人的五古，报纸是当时的《全浙公报》。当看见了自己缀联起来的一串文字，被植字工人排印出来的时候，虽然是用的匿名，阅报室里也决没有人会知道作者是谁，但心头正在狂跳着的我的脸上，马上就变成了朱红。洪的一声，耳朵里也响了起来，头脑摇晃得象坐在船里。眼睛也没有主意了，看了又看，看了又看，虽则从头至尾，把那一串文字看了好几遍，但自己还在疑惑，怕这并不是由我投去的稿子。再狂奔出去，上操场去跳绕一圈，回来重新又拿起那张报纸，按住心头，复看一遍，这才放心，于是乎方始感到了快活，快活得想大叫起来。

当时我用的假名很多很多，直到两三年后，觉得投稿已经有七八成的把握了，才老老实实地用上了我的真名实姓。大约旧报纸的收藏家，翻起二十几年前的《全浙公报》、《之江日报》以及上海的《神州日报》来，总还可以看到我当时所做的许多狗屁不通的诗句。现在我非但旧稿无存，就是一联半句的字眼也想不起来了，与当时的废寝忘食的热心情形来一对比，进步当然可以说是进了步，但是老去的颓唐之感，也着实可以催落我几滴自伤的眼泪。

就在那一年（一九○九年）的冬天，留学日本的长兄回到了北京，以小京官的名义被派上了法部去行走。入陆军小学的第二位哥哥，也在这前后毕了业，入了一处隶属于标统底下的旁系驻防军队，而任了排长。

一文一武的这两位芝麻绿豆官的哥哥，在我们那小小的县里，自然也耸动了视听；但因家里的经济，稍稍宽裕了一点的结果，在我的求学程序上，反而促生了一种意外的脱线。

在外面的学堂里住足了一年，又在各报上登载了几次诗歌之后，我自以为学问早就超出了和我同时代的同年辈者，觉得按部就班的和他们在一道读死书，是不上算也是不必要的事情。所以到了宣统二年（一九一〇）的春期始业的时候，我的书桌上竟收集起了一大堆大学中学招考新生的简章！比较着，研究着，我真想一口气就读完了当时学部所定的大学及中学的学程。

中文呢，自己以为总可以对付的了；科学呢，在前面也曾经说过，为大家所不重视的；算来算去，只有英文是顶重要而也是我所最欠缺的一门。"好！就专门去读英文罢！英文一通，万事就好办了！"这一个幼稚可笑的想头，就是使我离开了正规的中学，去走教会学堂那一条捷径的原动力。

清朝末年，杭州的有势力的教会学校，有英国圣公会和美国长老会浸礼会的几个系统。而长老会办的育英书院，刚在山水明秀的江干新建校舍，改称大学。头脑简单，只知道崇拜大学这一个名字的我这毛头小子，自然是以进大学为最上的光荣，另外更还有什么奢望哩？但是一进去之后，我的失望，却比在省立的中学里读死书更加大了。

每天早晨，一起床就是祷告，吃饭又是祷告；平时九点到十点是最重要的礼拜仪式,末了又是一篇祷告。《圣经》,是每年级都有的必修重要课目;礼拜天的上午,除出了重病,不能行动者外,谁也要去做半天礼拜。礼拜完后,自然又是祷告,又是查经。这一种信神的强迫,祷告的叠来,以及校内枝节细目的窒塞,想是在清朝末年曾进过教会学校的人,谁都晓得的事实,我在此地落得可以不说。

这种叩头虫似的学校生活,过上两月,一位解放的福音宣传者,竟从免费读书的候补牧师中间,揭起叛旗来了;原因是为了校长偏护厨子,竟被厨子殴打了学膳费全纳的不信教的学生。

学校风潮的发生,经过,和结局,大抵都是一样的;起始总是全体学生的罢课退校,中间是背盟者的出来复课,结果便是几个强硬者的开除。不知是幸呢还是不幸,在这一次的风潮里,我也算是强硬者的一个。

1935年2月19日

大风圈外
——自传之七

人生的变化,往往是从不可测的地方开展开来的;中途从那一所教会学校退出来的我们,按理是应该额上都负着了该隐的烙印,无处再可以容身了啦,可是城里的一处浸礼会的中学,反把我们当作了义士,以极优待的条件欢迎了我们进去。这一所中学的那位美国校长,非但态度和蔼,中怀磊落,并且还有着外国宣教师中间所绝无仅见的一副很聪明的脑筋。若要找出一点他的坏处来,就在他的用人的不当;在他手下做教务长的一位绍兴人,简直是那种奴颜婢膝,谄事外人,趾高气扬,压迫同种的典型的洋狗。

校内的空气,自然也并不平静。在自修室,在寝室,议论纷纭,为一般学生所不满的,当然是那只洋狗。

"来它一下罢!"

"吃吃狗肉看!"

"顶好先敲他一顿!"

象这样的各种密议与策略,虽则很多,可是终于也没有一个敢首先发难的人。满腔的怨愤,既找不着一条出路,不得已就只好在作文的时候，发些纸上的牢骚。于是各班的文课，不管出的是什么题目，总是横一个呜呼，竖一个呜呼地悲啼满纸，有几位同学的卷子，从头至尾统共还不满五六百字，而呜呼却要写着一二百个。那位改国文的老先生，后来也没法想了，就出了一个禁令，禁止学生，以后不准再读再做那些呜呼派的文章。

那时候这一种"呜呼"的倾向，这一种不平，怨愤，与被压迫的悲啼，以及人心跃跃山雨欲来的空气，实在还不只是一个教会学校里的舆情；学校以外的各层社会，也象是在大浪里的楼船，从脚到顶，都在颠摇波动着的样子。

愚昧的朝廷，受了西宫毒妇的阴谋暗算，一面虽想变法自新，一面又不得不利用了符咒刀枪，把红毛碧眼的鬼子，尽行杀戮。英法各国屡次的进攻，广东津沽再三的失陷，自然要使受难者的百姓起来争夺政权。洪杨的起义，两湖山东捻子的运动，回民苗族的独立等等，都在暗示着专制政府满清的命运，孤城落日，总崩溃是必不能避免的下场。

催促被压迫至二百余年之久的汉族结束奋起的，是徐锡麟，熊成基诸先烈的牺牲勇猛的行为；北京的几次对满清大员的暗杀事件，又是当时热血沸腾的一般青年们所受到的最大激刺。而当这前后，此绝彼起地在上海发行的几家报纸，象《民吁》《民立》之类，更是直接灌输种族思想，提倡革命行动的有力的号吹。到了宣统二年的秋冬（1910年庚戌），政府虽则在忙着召开资政院，组织内阁，赶制宪法，冀图挽回颓势，欺骗百姓，但四海汹汹，革命的气运，早就成了矢在弦上，不得不发的局面了。

是在这一年的年假放学之前，我对当时的学校教育，实在是真的感到了绝望，于是自己就定下了一个计划，打算回家去做从心所欲的自修工夫。第一，外界社会的声气，不可不通，我所以想去订一份上海发行的月报。第二，家里所藏的四部旧籍，虽则不多，但也尽够我的两三年的翻读，中学的根底，当然是不会退步的。第三，英文也已经把第三册文法读完了，若能刻苦用工，则比在这种教会学校里受奴隶教育，心里又气，进步又慢的半死状态，总要痛快一点。自己私私决定了这大胆的计划以后，在放年假的前几天，也着实去添买了些预备带回去作自修用的书籍。等年假考一考完，于一天冬晴的午后，向西跟着挑行李的脚夫，走出候潮门上江干去坐夜航船回故乡去的那一刻的心境，我到现在还不能忘记。

"牢狱变相的你这座教会学校啊！以后你对我还更能加以压迫么？"

"我们将比比试试，看将来还是你的成绩好，还是我的成绩好？"

"被解放了！以后便是凭我自己去努力，自己去奋斗的远大的前程！"

这一种喜悦，这一种充满着希望的喜悦，比我初次上杭州来考中学时所感到的，还要紧张，还要肯定。

在故乡索居独学的生活开始了，亲戚友属的非难讪笑，自然也时时使我的决心动摇，希望毁灭；但我也已经有16岁的年纪了，受到了外界的不了解我的讥讪之后，当然也要起一种反拨的心理作用。人家若明显地问我"为什么不进学堂去读书？"不管他是好意还是恶意，我总以"家里再没有钱供给我去浪费了"的一句话回报他们。有几个满怀着十分的好意，劝告我"在家里闲住着终不是青年的出路"的时候，我总以"现在正在预备，打算下年就去考大学"的一句衷心话来作答。而实际上这将近两年的独居苦学，对我的一生，却是收获最多，影响最大的一个预备时代。

每日侵晨，起床之后，我总面也不洗，就先读一个钟头的外国文。早餐吃过，直到中午为止，是读中国书的时间，一部《资治通鉴》和两部《唐宋诗文醇》，就是我当时的课本。下午看一点科学书后，大抵总要出去散一回步。节季已渐渐地进入到了春天，是一九一一宣统辛亥年的春天了，富春江的两岸，和往年一样地绿遍了青青的芳草，长满了袅袅的垂杨。梅花落后，接着就是桃李的乱开；我若不沿着江边，走上城东鹳山上的春江第一楼去坐看江总或上北门外的野田间去闲步，或出西门向近郊的农村天地里去游行。

附廓的农民的贫穷与无智，经我几次和他们接谈及观察的结果，使我有好几晚不能够安睡。譬如一家有五六口人口，而又有着十亩田的己产，以及一间小小的茅屋的自作农罢，在近郊的农民中间，已经算是很富有的中上人家了。从四五月起，他们先要种秧田，这二分或三分的秧田大抵是要向人家去租来的，因为不是水旱无伤的上田，秧就不能种活。租秧田的费用，多则三五元，少到一二元，却不能再少了。五六月在烈日之下分秧种稻，即使全家出马，也还有赶不成同时插种的危险；因为水的关系，气候的关系，农民的时间，却也同交易所里的闲食者们一样，是一刻也差错不得的。即使不雇工人，和人家交换做工，而把全部田稻种下之后，三次的耘植与用肥的费用，起码也要合二三元钱一亩的盘算。倘使天时凑巧，最上的丰年，平均一亩，也只能收到四五石的净谷；而从这四五石谷里，除去完粮纳税的钱，除去用肥料租秧田及间或雇用忙工的钱后，省下来还够得一家五口的一年之食么？不得已自然只好另外想法，譬如把稻草拿来做草纸，利用田的闲时来种麦种菜种豆类等等，但除稻以外的副作物的报酬，终究是有限得很的。

耕地报酬渐减的铁则，丰年谷贱伤农的事实，农民们自然那里会有这样的知识；可怜的是他们不但不晓得去改良农种，开辟荒地，一年之中，岁时伏腊，还要把他们汗血钱的大部，去花在求神佞佛，去满足许多可笑的虚荣的高头。

所以在二十几年前头，即使大地主和军阀的掠夺，还没有象现在那么的厉害，中国农村是实在早已濒于破产的绝境了，更那里还经得起廿年的内乱，廿年的外患，与廿年的剥削呢？

从这一种乡村视察的闲步回来，在书桌上躺着候我开拆的，就是每日由上海寄来的日报。忽而英国兵侵入云南占领片马了，忽而东三省疫病流行了，忽而广州的将军被刺了；凡见到的消息，又都是无能的政府，因专制昏庸，而酿成的惨剧。

黄花岗七十二烈士的义举失败，接着就是四川省铁路风潮的勃发，在我们那一个一向是沉静得同古井似的小县城里，也显然的起了动摇。市面上敲着铜锣，卖朝报的小贩，日日从省城里到来。脸上画着八字胡须，身上穿着披开的洋服，有点象外国人似的革命党员的画像，印在薄薄的有光洋纸之上，满贴在茶坊酒肆的壁间，几个日日在茶酒馆中过日子的老人，也降低了喉咙，皱紧了眉头，低低切切，很严重地谈论到了国事。

这一年的夏天，在我们的县里西北乡，并且还出了一次青红帮造反的事情。省里派了一位旗籍都统，带了兵马来杀了几个客籍农民之后，城里的街谈巷议，更是颠倒错乱了；不知从那一处地方传来的消息，说是每夜四更左右，江上东南面的天空，还出现了一颗光芒拖得很长的扫帚星。我和祖母母亲，发着抖，赶着四更起来，披衣上江边去看了好几夜，可是扫帚星却终于没有看见。

到了阴历的七八月，四川的铁路风潮闹得更凶，那一种谣传，更来得神秘奇异了，我们的家里，当然也起了一个波澜，原因是因为祖母母亲想起了在外面供职的我那两位哥哥几封催他们回来的急信发后,还盼不到他们的复信的到来,八月十八(阳历十月九日)的晚上,汉口俄租界里炸弹就爆发了。从此急转直下,武昌革命军的义旗一举,不消旬日,这消息竟同晴天的霹雳一样,马上就震动了全国。

报纸上二号大字的某处独立,拥某人为都督等标题,一日总有几起;城里的谣言,更是青黄杂出,有的说"杭州在杀没有辫子的和尚",有的说"抚台已经逃了",弄得一般居民,乡下人逃上了城里,城里人逃往了乡间。

我也日日的紧张着,日日的渴等着报来;有几次在秋寒的夜半,一听见喇叭的声音,便发着抖穿起衣裳,上后门口去探听消息,看是不是革命党到了。而沿江一带的兵船,也每天看见驶过,洋货铺里的五色布匹,无形中销售出了大半。终于有一天阴寒的下午,从杭州有几只张着白旗的船到了,江边上岸来了几十个穿灰色制服,荷枪带弹的兵士。县城里的知县,已于先一日逃走了,报纸上也报着前两日,上海已为民军所占领。商会的巨头,绅士中的几个有声望的,以及残留着在城里的一位贰尹,联合起来出了一张告示,开了一次欢迎那几十位穿灰色制服的兵士的会,家家户户便挂上了五色的国旗;杭城光复,我们的这个直接附属在杭州府下的小县城,总算也不遭兵燹,而平平稳稳地脱离了满清的压制。

平时老喜欢读悲歌慷慨的文章,自己捏起笔来,也老是痛哭淋漓,呜呼满纸的我这一个热血青年,在书斋里只想去冲锋陷阵,参加战斗,为众舍身,为国效力的我这一个革命志士,际遇着了这样的机会,却也终于没有一点作为,只呆立在大风圈外,捏紧了空拳头,滴了几滴悲壮的旁观者的哑泪而已。

海 上
　　——自传之八

　　大暴风雨过后，小波涛的一起一伏，自然要继续些时。民国元年二月十二，满清的末代皇帝宣统下了退位之诏，中国的种族革命，总算告了一个段落。百姓剪去了辫发，皇帝改作了总统。天下骚然，政府惶惑，官制组织，尽行换上了招牌，新兴权贵，也都改穿了洋服。为改订司法制度之故，民国二年（一九一三）的秋天，我那位在北京供职的哥哥，就拜了被派赴日本考察之命，于是我的将来的修学行程，也自然而然的附带着决定了。

　　眼看着革命过后，余波到了小县城里所惹起的是是非非，一半也抱了希望，一半却拥着怀疑，在家里的小楼上闷过了两个夏天，到了这一年的秋季，实在再也忍耐不住了，即使没有我那位哥哥的带我出去，恐怕也得自己上道，到外边来寻找出路。

　　几阵秋雨一落，残暑退尽了，在一天晴空浩荡的九月下旬的早晨，我只带了几册线装的旧籍，穿了一身半新的夹服，跟着我那位哥哥离开了乡井。

上海街路树的洋梧桐叶，已略现了黄苍，在日暮的街头，那些租界上的熙攘的居民，似乎也森岑地感到了秋意，我一个人呆立在一品香朝西的露台栏里，才第一次受到了大都会之夜的威胁。

远近的灯火楼台，街下的马龙车水，上海原说是不夜之城，销金之窟，然而国家呢？社会呢？象这样的昏天黑地般过生活，难道是人生的目的么？金钱的争夺，犯罪的公行，精神的浪费，肉欲的横流，天虽则不会掉下来，地虽则也不会陷落去，可是象这样的过去，是可以的么？在仅仅阅世17年多一点的当时我那幼稚的脑里，对于帝国主义的险毒，物质文明的糜烂，世界现状的危机，与夫国计民生的大略等明确的观念，原是什么也没有，不过无论如何，我想社会的归宿，做人的正道，总还不在这里。

正在对了这魔都的夜景，感到不安与疑惑的中间，背后房里的几位哥哥的朋友，却谈到了天蟾舞台的迷人的戏剧；晚餐吃后，有人做东道主请去看戏，我自然也做了花楼包厢里的观众的一人。

这时候梅博士还没有出名，而社会人士的绝望胡行，色情倒错，也没有象现在那么的彻底，所以全国上下，只有上海的一角，在那里为男扮女装的旦角而颠倒，那一晚天蟾舞台的压台名剧，是贾璧云的全本《棒打薄情郎》，是这一位色艺双绝的小旦的拿手风头戏；我们于九点多种，到戏院的时候，楼上楼下观众已经是满坑满谷，实实在在的到了更无立锥之地的样子了。四围的珠玑粉黛，鬓影衣香，几乎把我这一个初到上海的乡下青年，窒塞到回不过气来；我感到了眩惑，感到了昏迷。

最后的一出贾璧云的名剧上台的时候，舞台灯光加了一层光亮，台下的观众也起了动摇。而从脚灯里照出来的这一位旦角的身材，容貌，举止与服装，也的确是美，的确足以挑动台下男女的柔情。在几个钟头之前，那样的对上海的颓废空气，感到不满的我这不自觉的精神主义者，到此也有点固持不住了。这一夜回到旅馆之后，精神兴奋，直到了早晨的三点，方才睡去，并且在熟睡的中间，也曾做了色情的迷梦。性的启发，灵肉的交哄，在这次上海的几日短短逗留之中，早已在我心里，起了发酵的作用。

为购买船票杂物等件，忙了几日；更为了应酬来往，也着实费去了许多精力与时间，终于在一天侵早，我们同去者三四人坐了马车向杨树浦的汇山码头出发了，这时候马路上还没有行人，太阳也只出来了一线。自从这一次的离去祖国以后，海外飘泊，前后约莫有十余年的光景，一直到现在为止，我在精神上，还觉得是一个无祖国无故乡的游民。

太阳升高了，船慢慢地驶出了黄浦，冲入了大海；故国的陆地，缩成了线，缩成了点，终于被地平的空虚吞没了下去；但是奇怪得很，我鹄立在船舱的后部，西望着祖国的天空，却一点儿离乡去国的悲感都没有。比到三四年前,初去杭州时的那种伤感的情怀,这一回仿佛是在回国的途中。大约因为生活沉闷,两年来的蛰伏,已经把我的恋乡之情,完全割断了。

海上的生活开始了,我终日立在船楼上,饱吸了几天天空海阔的自由的空气。傍晚的时候,曾看了伟大的海中的落日,夜半醒来,又上甲板去看了天幕上的秋星。船出黄海,驶入了明蓝到底的日本海的时候,我又深深地深深地感受到了海天一碧,与白鸥水鸟为伴时的被解放的情趣。我的喜欢大海,喜欢登高以望远,喜欢遗世而独处,怀恋大自然而嫌人的倾向,虽则一半也由于天性,但是正当青春的盛日,在四面是海的这日本孤岛上过去的几年生活,大约总也发生了不可磨灭的绝大的影响无疑。

船到了长崎港口,在小岛纵横,山青水碧的日本西部这通商海岸,我才初次见到了日本的文化,日本的习俗与民风。后来读到了法国罗底的记载这海港的美文,更令我对这位海洋作家,起了十二分的敬意。嗣后每次回国经过长崎心里总要跳跃半天,仿佛是遇见了初恋的情人,或重翻到了几十年前写过的情书。长崎现在虽则已经衰落了,但在我的回忆里,它却总保有着那种活泼天真,象处女似地清丽的印象。

半天停泊,船又起锚了,当天晚上,就走到了四周如画,明媚到了无以复加的濑户内海。日本艺术的清淡多趣,日本民族的刻苦耐劳,就是从这一路上的风景,以及四周海上的果园垦植地看来，也大致可以明白。蓬莱仙岛，所指的不知是否就在这一块地方，可是你若从中国东游，一过濑户内海，看看两岸的山光水色，与夫岸上的渔户农村，即使你不是秦朝的徐福，总也要生出神仙窟宅的幻想来，何况我在当时，正值多情多感，中国岁是十八岁的青春期哩！

由神户到大阪，去京都，去名古屋，一路上且玩且行，到东京小石川区一处高台上租屋住下，已经是十月将终，寒风有点儿可怕起来了。改变了环境，改变了生活起居的方式，言语不通，经济行动，又受了监督没有自由，我到东京住下的两三个月里，觉得是入了一所没有枷锁的牢狱，静静儿的回想起来，方才感到了离家去国之悲，发生了不可遏止的怀乡之病。

在这郁闷的当中，左思右想，唯一的出路，是在日本语的早日的谙熟，与自己独立的经济的来源。多谢我们国家文化的落后，日本与中国，曾有国立五校，开放收受中国留学生的约定。中国的日本留学生，只教能考上这五校的入学试验，以后一直到毕业为止，每月的衣食零用，就有官费可以领得；我于绝望之余，就于这一年的11月，入了学日本文的夜校，与补习中学功课的正则预备班。

早晨五点钟起床，先到附近的一所神社的草地里去高声朗诵着"上野的樱花已经开了"，"我有着许多的朋友"等日文初步的课文，一到八点，就嚼着面包，步行三里多路，走到神田的正则学校左补课。以二角大洋的日用，在牛奶店里吃过午餐与夜饭，晚上就是三个钟头的日本文的夜课。

　　天气一日一日的冷起来了，这中间自然也少不了北风的雨雪。因为日日步行的终果，皮鞋前开了口，后穿了孔。一套在上海做的夹呢学生装，穿在身上，仍同裸着一样；幸亏有了几年前一位在日本曾入过陆军士官学校的同乡，送给了我一件陆军的制服，总算在晴日当作了外套，雨日当作了雨衣，御了一个冬天的寒。这半年中的苦学，我在身体上，虽则种下了致命的呼吸器的病根，但在智识上，却比在中国所受的十余年的教育，还有一程的进境。

　　第二年的夏季招考期近了，我为决定要考入官费的五校去起见，更对我的功课与日语，加紧了速力。本来是每晚于十一点就寝的习惯，到了三月以后，也一天天的改过了；有时候与教科书本荧荧相对，竟会到了附近的炮兵工厂的汽笛，早晨放五点钟的夜工时，还没有入睡。

　　必死的努力，总算得到了相当的酬报，这一年的夏季，我居然在东京第一高等学校的入学考试里占取了一席。到了秋季始业的时候，哥哥因为一年的考察期将满，准备回国来复命，我也从他们的家里，迁到了学校附近的宿店。于八月底边，送他们上了归国的火车，领到了第一次的自己的官费，我就和家庭，和戚属，永久地断绝了联络。从此野马缰弛，风筝线断，一生中潦倒飘浮，变成了一只没有舵楫的孤舟，计算起时日来，大约与第一次世界大战的开始，差不多是在同一的时候。

所谓自传也者

　　自传的样式，实在多不过。上自奥古斯丁的主啊上帝呀的叫唤祈祷，以至"实际与虚构"的诗人的生涯，与夫卢骚的那半狂式的己身丑恶的暴露等等，越变越奇，越来越有趣味；这原因，大约是为了作者生活思想的丰富，故而随便写来，都成妙语。象我这样的一个不要之人，无能之辈，即使翻尽了千百部古人的自传，抄满了许许多他人的言行，也决没有一部可以使人满足的自传，写得出来的。况且最近，更有一位女作家，曾向中央去哭诉，说象某某那样颓废，下流，恶劣的作家，应该禁绝他的全书，流之三千里外，永不准再作小说，方能免掉洪水猛兽的横行中国，方能实行新生活以图自强。照此说来，则东北四省的沦亡，贪官污吏的辈出，天灾人祸的交来，似乎都是区区的几篇无聊的小说之所致。这种论调的心理，虽然有齐格门特，弗洛衣特在那里分析，但我的作品的应该抹杀，应该封禁，或许也是当这实行新生活，复兴民族的国难时期中所必急的先务。

　　因此，近年来，决意不想写小说了，只怕一捏起笔来，就要写出下流，恶劣的事迹，而揭破许多闺阁小姊，学者夫人们的粉脸。况且，年龄也将近四十了，理想，空想，幻想，一切皆无；在世上活了40年，看了40年的结果，只觉得人生也不过这么一回事；富贵荣华，名誉美貌，衣饰犬马，学问文章等等，也不过这么一回事。姊姊妹妹，花呀月呀，原觉得肉麻；世界社会，人类同胞等等，又何尝不是耶稣三等传教师的口吻？若是要写的话，我只想写些养鸡养羊秘诀，或钓鱼做菜新法之类的书，以利同胞而收版税。可是对于这些的专门学问与实际经验，却比上大学讲堂去胡说两个钟头，还要猫虎不得，自省的结果，自然也不敢轻易去操觚。可是，生在这世上，身外的万事，原都可以简去，但身内的一个胃，却怎么也简略不得。要吃饭，在我，就只好写写，此外的技能是没有的。于是乎，在去年今年的两年之间，只写下了些毫无系统，不干人事的游记。但据那位女作家说，似乎我写游记，也是一罪，事到如今，只好连游记都不写了。

恰巧有一家书铺，自从去年春天说起，说到现在，要我写一部自传。我的写不出有声有色的自传来的话，在前面已经说过了，明知其写不好（我到现在为止，绝没有写过一篇"我生于何日何时何地"等的自传，但我也不大用过他人的事情来做我写作的材料）而硬要来写者，原因却有两种：

（一）40岁前后，似乎是人生的一个小段落；你若不信，我就可以举出两位同时代者来做榜样，胡适之氏言四十自述的传，林语堂氏有四十自叙的诗。（二）书店给我的定洋已化去了，若写不出来就非追还不可。

虽然专写自己的事情，由那位女作家看来，似乎也是一罪，但判决还没有被执行以先，自己的生活，总还得由自己来维持，天高地厚，倒也顾不了许多。

自传本来是用不着冠以一篇自叙的，可是，为使象一册书的样子，为增加一点字数之故，我在这里又只好犯下了这宗旷古未有的大罪；是为叙。

1934年10月